Manfred Sommer

„Jahrgang 27"

Blick und Sicht

Namensähnlichkeiten mit Personen der Handlung sind rein zufällig.

Sommer, Manfred:
»Jahrgang 27«: Blick und Sicht
2000
ISBN 3-8311-0137-X
Alle Rechte vorbehalten
Umschlaggestaltung: Manfred Sommer
Herstellung: Libri, Hamburg
Printed in Germany

Federers Blick, seine „Sicht" sind eingeengt durch seine Individualität, die aus den Umständen seiner Geburt in einem fremden Land, aus den beiden verschiedenartigen Landsmannschaften von Mutter – sie war eine Schlesierin – und vom Vater – geborener böhmischer Österreicher – und ihren politischen Umfeldern, als dem Zweitgeborenen und in einem heißen Sommer der Südhalbkugel ihre Prägung erhalten hatte.

Alle die halbgelüfteten Geheimnisse der Wissenschaft von den Genen, sein genetischer Fingerabdruck mögen hier unerwähnt bleiben.

Aber die Trauer um Mißlungenes und Geglücktes in seinem Leben, das Freude auszulösen vermochte, haben sich scharf eingeprägt bis zu Tiefpunkten oder zu helljauchzenden Regungen über den „normalen" Alltag hinaus.

Die Grundstimmung jedoch war Trauer, war Sehnsucht. Nur manchmal in Glücksmomenten der Liebe schien das Dasein einen Sinn zu bekommen, der aber bald verflog, bis Einerlei und Notdurft wieder um sich griffen.

„Seines Glückes Schmied" zu sein, hielt er für billigste Ausrede für die Lebenslast, die ihn schwer wie ein Rucksack drückte.

Von dem kahlen Balkon – seine Blumenkästen waren nur mit Fichtengrün dekoriert - ging eine merkwürdige Faszination aus. Die Türen vom Wohnungsinneren waren fest verschlossen, der Wintervorhang lugte über die halbhohe Verglasung filzig – dick hervor, darüber waren nur Dunkelheit und tiefste Ruhe zu vernehmen.

Zum großen, ein ausgedehntes Dreieck bildenden Hof, war dieser Bauwerksteil mit den anderen in den Etagen wie Schachteln übereinander geöffnet, besser: offen. Parsival – und Goethe-straße und die Griechische Allee begrenzten die Häuserfronten ringsherum.

Die winterlichen Bäume ließen nach überall hin den Blick frei auf die im letzten Sommer geputzten Fassaden, frisch gestrichenen Fenster und all die Erker und Mauerabschnitte der in verschiedenen Dezennien gebauten Häuser – nun alle gleich-farben aussehend.

Wieviele Generationen mögen Erker und Balkons genutzt haben? Wie mögen die Menschen Kriege und Nachkriegszeiten überstanden haben? Wie konnten sie die obligatorischen Hungerzeiten, Arbeitslosen – Jahre, dazwischenliegende Weimarer und großdeutsche „Friedensjahre" durchleben?
Jedenfalls – wenn überhaupt einmal – haben alte und junge Menschen die frische Luft genutzt, sich auf dem Hof umgesehen, zu laut spielende Kinder ermahnt, nicht so zu schreien und beim

Spielen sich zu bremsen, Papierflugzeuge flattern und im Kreis sich drehen zu lassen; aber das waren immer nur kurze Lebenszeichen.

Wie heute sich nichts regt und bewegt, so ist dieser ans Haus gebaute Balkon, zwei darunter und zwei darüber, eigentlich nur architektonische Zierde. Eine vom Parterre bis zum Dachüberstand durchgehende Wand trennt die Erker der Nebenwohnungen fremdnachbarlich ab; zu engen Kontakt mag keiner so recht, außerdem gehört der Teil hinter der Wand zum nächsten Haus.

Früher mal stand ab und zu ein Kinderwagen „draußen" und ein Kindlein schrie oder weinte sich die Nöte des Kleinkindes aus dem Hals. Die Mama kam raus, schuckelte das Wägelein, brabbelte etwas ins Innere, um dann wieder reinzugehen.

Wenn man nun weiß, daß hier im großen Dreieck Kleingärten waren, nur in der Griechischen Allee Häuser standen, die um die Jahrhundertwende gebaut, ein ganz anderes Bild ergaben, dann in der Parsival – und Goethestraße gediegene Altneubauten in den 30er Jahren das Straßendreieck schlossen und schließlich im 2. Weltkrieg die Griechische – Allee – Front den Bomben zum Opfer fiel und neue Häuser erst Mitte der fünfziger Jahre bis in die Goethestraße   (um die Ecke) entstanden, dann hat sich also das Bild in der ersten Hälfte dieses Jahrhunderts sehr gewandelt.

Neue, junge Familien zogen ein, ein Bäcker bildete den Höhepunkt in der Gegend. Über 30 Jahre ergab der gesamte Balkon von der Häuserrückseite der Griechischen aus einen Blickpunkt. Die eigenen Kinder sind ja nun schon lange groß und die Zeit ist davon gerast, das Jahrhundert geht seinem Ende mit eiligen Schritten zu.

Die „da oben" haben gar wenig Einfluß auf den Einzelnen. Was haben sie – die kleinen Leute – davon, wenn sich die Politiker und die „an der Krippe" Machtkämpfe liefern. Das tägliche Brot muß erarbeitet werden, Fluchen und Verwünschen, Wahlen und Parteienmitgliedschaft helfen da wenig; Wünsche sind immer offen, Sehnsüchte auch.

Es gibt viel zu viel davon. Jedes Jahr wieder: Möge doch der Winter schon im März zu Ende gehen! Möge doch die Lust zu reisen in ein schönes Land führen. Möge doch die Gesundheit für alle aus der Familie ein ständiger Begleiter werden und bleiben.

Wie schon viele Jahrzehnte vorher ist Ende Februar ein ganz leises Frühlingsahnen in der Luft. Der Schnee ist seit ein paar Tagen im Wegtauen, und wo die Sonne hinkommt, haben die Schneeglöckchen noch unterm Harsch ihre zarten Blüten und Blätter entfaltet. Jetzt heben sie sich ganz kontrastreich vom schweren nassen

Erdreich ab. Die gespreizten Krokusblätter lassen auch schon bitten! Über Mittag säuselt manch laues Lüftchen an den Sockeln der Häuser entlang; wo die warmen Strahlen der Begleiterin unserer Erde auf die Haut treffen, wird's angenehm.

Die flinken Meisen zwitschern ihr Lied, auf den kahlen Baumästen sitzend, „fröhlich" vor sich hin. Das paßt zu den ersten kleinen Blütenspitzen der Forsythien, sie tragen den hoffnungsvollen Namen „Die Frühblühende".

Allerdings im Schatten liegen noch Schneereste, als wollten sie gar nicht weichen, sie sind pappig geworden, wie mit einer Schutzhaut überzogen und scharf abgegrenzt zur Umgebung. Erst ein lang anhaltender Regen schwemmt die Flecken hinweg und aus den Fallrohren gluckert melodiös das Wasser, wenn Herbstblätter und Staub und Dreck die unteren Teile verstopft haben und etwas höher über das letzte Ansatzstück blubbern lassen.

Das Grau in Grau des Himmels, ab und zu durch einen „Sonnenhusch" und danach durch Regen – Graupelschauer abgelöst, ist eine gewisse Nervenpein, was soll man denn damit anfangen? 1945 war diese Zeit trocken, nachts etwas kühl, aber das Gefühl für den Frühling war bestätigter Optimismus. Auch glaubte mancher nicht so recht an ein zu Ende gehendes 3. Reich.

Zehn Jahre zuvor hatte sein Leben erst gerade so richtig angefangen. Bis dahin war Federers Dasein Kindheit gewesen. Jeder Tag glich dem anderen, abgesehen von ein paar kleinen Zwischenfällen wie bei jedem Schuljungen und davor spielend den Tag erlebenden Bürschlein. Das Jahr 1927 ließ die kriselnde Welt bald in eine Wirtschaftskatastrophe fallen. Aber das wußte er nicht. Er hatte in seinen jungen Lebensjahren etwas über „Christus mit Stahlhelm und Gasmaske am Kreuz" aus den Erzählungen der Erwachsenen mitgekriegt und ein Bild von einem Adolf Hitler als blutende Axt auf dem gleichen Illustriertenblatt gesehen, aber das kam ihm erst jetzt so recht wieder ins Gedächtnis, und er tat das als Hetze gegen Deutschland ab. Er war ja in einem freundlichen schönen Land aufgewachsen. Es war etwas ganz Besonderes, in Deutschland nun das kennenzulernen, wovon in Südamerika – in der Schule und unter den Nachbarjungs gelogen, erzählt, geprahlt, begeistert vorgetragen wurde. Und obwohl kein Lehrer etwas Bestimmtes von sich gab, war doch das Deutschland seit 1933 Ziel aller Gedanken, Gespräche und Wünsche. Deutsch sein war etwas Stolzes, und ob arme oder etwas besitzendere Familien, es verband untereinander.

Für Sportfeste in der Schule für Mal – und Zeichenwettbewerbe wurden in Deutschland gedruckte Unterlagen verwendet. Immer wieder hieß es: Schaut in die Heimat, da tut sich etwas! Die Saar gehört wieder den Deutschen, keiner hat sie so beeinflussen können, daß sie bei Frankreich bleiben.

>Graf Zeppelin< landete unweit von Rosario, die Deutschen Schulen veranstalteten Massen – Schülerausflüge zum Landeplatz, und LZ127 mit den Nationalfarben Schwarz – Weiß – Rot prägte sich fest im Gemüt der ewig sehnsüchtigen Deutsch - Sprechenden mit dem Heimweh im Herzen nach Ordnung, Wohlstand, Volksgemein- schaft und gemütvollen Gesängen und Liedern ein. Je unmöglicher eine Heimkehr war, denn weder Polen, Rumänien, Jugoslawien, Südtirol noch die Baltenstaaten wollten die Abtrünnigen zurückhaben, um so größer die schmerzenden Gedanken und die Trauer um die verlorene Heimat nach dem verlorenen Krieg.

Obwohl ein Serbischer Verbrecher mit seinem Mord den Krieg ausgelöst hatte, bestraft und mit Rachgier verfolgt wurden die Mittelmächte. In Versailles wurde der Grundstein für alle Kriege bis zum Ende des Jahrhunderts gelegt!

Und so sah Federer Deutschland mit leuchtenden Augen, staunend und bewundernd. Die Mutter hielt alle Sorgen von den Kindern fern, obwohl es nicht rosa aussah. Wären die Verwandten nicht dagewesen, es wäre vieles anders, schlechter gewesen.

Die Olympiade war das erste und letzte große Theater vor dem verheerenden Krieg. Aber auch der war in den ersten zwei / drei Jahren noch eine logische Folge, das Versailler Diktat umzukehren, zu zeigen daß Deutschland nicht zu Kreuze kroch. Ohne Anlaß kann man kaum vor der Welt einen

Krieg vom Zaume brechen, die Siegermächte hatten sich schwer verrechnet, wenn sie geglaubt hatten, Deutschland auf ewig „fertigzumachen". Was mit der Daumenschraube erreicht wird, ist das Gegenteil einer Lösung! Haben sie daraus gelernt?

Alles, was er mit jedem Jahr an Neuem kennen-
lernte, brachte er als zum Alltag gehörendes
Ereignis ein. Die Stadt war ja so groß; Bahnen
und Busse; schöne Läden mit Spielsachen oder
duftenden Schokoladenwaren, mit Torten und
Kuchen, frischatmenden Obst – und Gemüse-
auslagen; Kähnen auf der Spree, „oben"
fahrenden Bahnen der BVG und S – Bahn;
Kolonnen von SA – Leuten, Pimpfen mit Fahnen
und Trommeln, Wimpeln und Gesang; es gab
soviel selbstverständlich Neues – ein schöner
Widerspruch! Immer hatte er den wohligen
Schauer einer glücklichen Kindheit.

Die Schulzeit war wieder eine ganz andere
Zauberwelt. Die Mitschüler hatten Gebasteltes in
der Klasse ausgestellt, einige waren schon im
Jungvolk oder trugen die schwarzen, recht kurzen
Hosen und graue Kniestrümpfe mit umge-
krempelten Socken über den Stiefeln, andere
brachten Basteleien von ihrem Zuhause mit oder
Bilderbücher: „Kinder, was wißt Ihr vom Führer?",
„Robinson Crusoe", „Der rote Kampfflieger" und
„Panzerschiff Emden". Aus manchen wurde
vorgelesen vor der Klasse. Schön war das
Zeichnen und Malen, und die Bilder hingen dann
an der Seitenwand des Klassenraumes.

Wegemanns Mutter hatte einen kleinen Laden in
einem Kellereingang und saß direkt an der Straße
hinter einem einklappbaren Ladentisch. Links von
der Tür waren in einem Glaskasten die
Zigarettensorten wie „Schwarz – Weiß" oder

„Kaid" ausgestellt, Zigarettenbilder in jeder Schachtel. Sie wurden getauscht, wenn man sie doppelt hatte. „Das deutsche Heer im Manöver", der „Weltkrieg" u. v. a. m. In einem solchen Keller, wie Frau Wegemann ihn nutzte, saß ein Mann, der so viele Tauschbilder hatte, daß man immer noch ein neues einwechseln konnte, man war richtig gierig. Das Album war ja nun noch das größte Hindernis, 1 Mark kostete es, woher nehmen? Ganz fürnehm war die Sammlung „Die Welthandelsflotte". Die frische Seeluft atmete aus jedem Abbild eines Schiffes und Stolz war der Betrachter auf die > Bremen < und die > Europa<, eine leichte Sehnsucht kam auf und eine Ahnung, wie groß die Welt ist. In der Hamburger Straße gab es in Blei gegossene Schiffe aller Art. Aber sie waren teuer und nur „von Ferne" durch die Scheibe zu bewundern.

Federer war ein Junge mit den verschiedensten Eigenschaften. Er ängstigte sich, er hatte einen großen Mund, wenn er mit seinen Schulkameraden zusammen war, er war schusselig, hatte meist zerschlagene Knie, lernte ganz gut, verpaßte auch einiges um sich herum, konnte gut malen und zeichnen, war aber nicht so sportlich, da er viel zu gerne aß, um schlank zu bleiben. Er war in mancher Hinsicht ein Spätzünder, war wißbegierig, wenn ihn irgend etwas interessierte, und seine Liebe waren Schiffe, immer wieder Schiffe, Häfen und Technik.
Schon nach drei Schuljahren wechselte er an die „höhere Schule", seine Mitschüler beneideten ihn

wohl, er selbst aber war gar nicht so begeistert, eher traurig, weil er merkte, da kommt etwas, das sein ferneres Leben bestimmt. Am letzten Tag der großen Ferien war ihm recht mulmig im Magen. Auf der Heimfahrt von der lieben Tante in Tempelhof, die sich länger hinzog als sonst, hatte er genügend Zeit, sich dem Unbekannten zu widmen in recht gedrückter Stimmung, da der Himmel grau und die Regenwolken tief hingen. Er hätte sich viel besser der Betrachtung der ständig wechselnden Stadtlandschaft zuwenden sollen, da bald ein Berlin der Trümmer, der Rest einer gepflegten Alleenfolge, schöner Häuser, Brücken und Hochbahnen, Plätze und bunter Verkehrsschlangen, danieder liegend sein würde. Jeder war ja eng mit dem Schicksal seiner Heimat verbunden, da die Zukunft in Schutt und Asche nur für die Sehenden Zwangsvorstellungen und Vorausahnungen waren.

Drei jüdische Klassenkameraden nahmen eine eigenartige Stellung ein. Sie erzählten, wenn auch selten, unglaubliche Geschichten über Besuche bei den Eltern, über Leute, die ihnen drohten oder mitleidig auf sie herabsahen, als seien sie Fremdkörper inmitten der Menschen ihrer Umgebung. Manche Lehrer verkündeten ihnen baldiges Unheil oder gerechte Strafe für die Taten ihrer Väter. Im Aussehen war nur der Kleinste von den Dreien abweichend, im Sportunterricht wieselflink, geschickt und behende. Sonst vielen voraus im Deutschen und in Latein.

Es gab einige in der Klasse, deren Eltern weit andere Ansichten zu den Geschehnissen hatten und es auch offen aussprachen. Einige sahen den Nationalsozialismus nur aus der Ferne gerne, passive Haltung brachte ihre Einstellung zum Ausdruck in Kleidung und Sprache. Irgendein Jungvolk – Kennzeichen trug von den meisten Schülern etwas Körper, sei es die schwarze Manchesterhose oder das Braunhemd, da bei weitem nicht alle viel Wäsche zum Wechseln hatten. Das Elternhaus war zu erkennen, ob reich oder arm, und das HJ – Abzeichen am Jackett fehlte nur bei den „Abtrünnigen". Zu den Armen zählte auch Federer; oft mitleidig von der Seite betrachtet. Die „Klassengemeinschaft" zerfiel in Gruppen. Um „Wiede" herum die Begüterten mit den Butter – und Wurststullen und Extras wie weiße Schokolade oder Kakao, aber nur einheitlich durch Taschengeld und Wohlhabenheit, nicht aber im politischen Sinne; da schieden sich die Geister, unterschwellig zwar, aber doch erkennbar. Am Haß auf den Andersdenkenden „zog sich" noch keiner hoch. Die Judenjungs waren integriert, bis auf einmal „von oben" Verachtung geschürt wurde; die Lehrer hatten daran Anteil, wenn auch nur einzeln. Im Geschichtsunterricht war ausreichend Gelegenheit, immer wieder die Rolle der Juden in der Stadt, in der Wirtschaft, im Staat zum Anlaß zu nehmen, sie zu demütigen, und Filme wie „ Jud Süß" taten ihr übriges dazu, da alle aus der Klasse die Rolle des Ferdinand Marian für bare

13

Münze nahmen und Christina Söderbaum ein Liebling der Schüler aus der Filmwelt war.

Der SA - Mann

Nichts ist schlimmer in der Schulzeit, als faul zu gelten, man es aber nicht ist, sondern einfach die Matheaufgaben nicht kapiert. Immer wieder sagte Herr Köhler: „Federer, du bist faul, hast sehr nachgelassen, tu was, sonst gibt's in Mathe 'ne Fünf!"

Kommt ein neuer Lehrer, hat'n Spitzbart, flezt sich vorne hin. „Du, mach mir nen Klassenspiegel" zum vorne sitzenden Karl Reich.

Inzwischen: „Ihr denkt wohl ihr Pimpfe unsere Mark ist durch Arbeit gedeckt? Irrtum, so was gibt's gar nicht, das hat Hitler sich ausgedacht!"
Alles guckt verwundert, mancher lacht leise, zu meinem Nachbarn sage ich was.

Vom fertigen Klassenspiegel liest er meinen Namen ab: „Der da, Federer, heißt der unverschämte Kerl, eine Stunde Arrest wegen Störung des Unterrichts!" „Aber ich hab doch nur ..." „Und einen Tadel wegen Widerspruchs!"
Au, das haut ja hin! Wenn das die anderen Lehrer lesen, und der Mathelehrer, biste unten durch. „Ihr glaubt wohl alles, was man euch erzählt, ihr Hitlerjungs; keine Ahnung habt ihr!!"
Wir haben in der Schule die fünf Reiche der Menschheit als die wahre Geschichte gelernt, nicht solchen Stuß vom >3. Reich<!

Wieder Gemurmel, leises Gelächter, so etwas haben wir noch nicht gehört!
„Du da vorne, was soll denn der Kernspruch von Heute im Klassenbuch? So etwas sagt ihr jeden Tag auf - was für ein Schwachsinn!" –

Es klingelt, alles spritzt auf. „Habe ich etwas vom Unterrichtsende gesagt?" „Alles hinsetzen. Hat Euch das Euer Fähnleinführer so beigebracht?" „Ich bitte mir Disziplin aus!"

Dieser ulkige wunderhafte Mann soll zum Kollegium des Sturmbannführers, Direktor Stier, gehören? (Später nannte man ihn SA – Mann"!)

„Alles aufstehen. Vordermann!" Ohne Gruß geht er von dannen.

Ich bin ihm nicht wieder begegnet, Gott sei Dank! Er soll aber der schärfste Nazi im Laufe der Zeit gewesen sei.

Wenn zum Schuljahresbeginn ein neues Klassenbuch eingerichtet wurde, mußte sich jeder Schüler vielen Fragen stellen. Wohnungslage, Beruf des Vaters, Geschwister usw. Die Sitzenbleiber waren ja auszusortieren, sonst hätte man das alte Klassenbuch nur einfach abzuschreiben brauchen. Bei diesem Vorgang hörte alles zu, und bei Achtelstädter, der rot anlief, stellte sich heraus, daß sein Vater Kohlenhändler war, seinen Laden im Keller hatte, und am Ende die Wohnung der Familie lag. Die meisten grinsten in sich hinein, Erklärungen des Klassenlehrers über die gemeinsame Schulausbildung für Arm und Reich und die Volksgemeinschaft, die das ermöglichte, ging in ein Ohr rein, aus dem anderen raus, und Achtelstädter senkte immer mehr seinen Kopf, blickte sich nicht um. Bei Federer war alles rein äußerlich unverfänglich.

Wenn auf diese Weise ein ganzes Volk in die psychologische Mangel genommen wird, ist es kein Wunder, wenn die Kinder und Jugendliche jeden Schritt mitmachen, die niederen Instinkte geweckt werden und lachend die Juden und andere durch Einschlagen von Fensterscheiben, Aufbrechen von Türen und anschließendem Raub bedrängt, für Vogelfrei angesehen werden. Die Erlaubnis, eine Ordnung durch Ausschluß der Minderheit und der Schwächeren und Wehrlosen zu zerstören, hat einen abenteuerlichen Reiz; die Bereicherung an Dingen die sonst um nichts zu haben sind, sind nach Entfachen des Hasses nicht

17

mehr durch die zehn Gebote oder durch Prämissen des Anstandes aufzuhalten. Schwarze Phantasien wurden geweckt und Verbrechen aus dem Tabubereich herausgelöst. „Wenn das Judenblut vom Messer spritzt, ei, dann geht's noch mal so gut". Die Minderheit der nicht aufzuhetzenden Menschen, die das Ende der Spirale der Eskalation sehen, das Unheil erkennen, ist zur schweigende Masse geworden, da das eigene Leben bei den meisten mehr gilt als der Drang zur Gerechtigkeit. Die Zauderer, die mit der Faust in der Tasche, die sich Empörenden, verhalten sich still. Des Nachts aufgeweckt zu werden, um erschlagen und ausgeraubt zu werden, ist im Schmerz der Vorahnung schon eine Bremse, der Gedanke eventuell zu überleben, ein Argument der „Vernunft".

Die Psychologen halten nur die Menschen für vorbildlich, die sich anpassen, nicht nur das tun, sondern die mitmachen, um ihr eigenes Leben gut zu führen. Gewissen oder ähnlicher Luxus ist etwas für die Schwachen!

„Wiede" und Zimmermann hatten von Hause aus andere Voraussetzungen mitgebracht als der Durchschnitt. Ihre Eltern sahen das >Dritte Reich< mit den Augen der Wissenden. Sie ließen sich keinem der Parteioberschicht glaubhaft näher bringen. Ihre negativen Einstellungen gaben sie keinen Deut nach außen. „Wiede" war eine ideale Sportlerfigur. Er hatte ein vorbildliches Erbgut mitbekommen; sein Vater allerdings wirkte nicht sportlich, vielleicht war bei seinem Alter die Rundumfigur bei gutem Lebenswandel und satter Ernährung – er verdiente gut, sehr gut sogar, vielleicht war auch eine Erbschaft „schuld" am Satt - sein und an gediegener Kleidung und reichlich Taschengeld bei Karl – Heinz. Mit Klaus und Günter, Karl und Gerhard verband ihn mehr als nur die gemeinsame Schulklasse. Während bei Federer oft letzte Pfennige bis zum Gehaltstag des Vaters am 15. des Monats für Kunsthonig und Brot ausgegeben wurden, hatten die „führenden" Freunde Taschengeld überreichlich, gingen in den Hofpausen großzügig Eis essen oder sich gut schmeckende Getränke kaufen; Kakaomilch war Gang und Gäbe. Während Federer aus einem Malkasten für 1,- Mark seinen Pinsel abschabte, hatten die Wenigerkönner Pelikan – und Marabu-farben, echtes Aquarellmalpapier, vielerlei Bleistifte und schöne große Radiergummis. Allerdings waren ihre Leistungen wenig überzeugend. Nur Ademar stand mit Federer im Wettstreit. Er war ein Naturtalent und – aus Brasilien kommend – wegen der Seltenheit ein Anschmeichelobjekt und, wer bei ihm zuschaute, sagte meist: „Du kannst besser malen als der Federer!" Allerdings auch der hatte seine „Bewunderer" und hörte entgegengesetzte Bemerkungen.

Die Wohlhabenheitsgegensätze verursachten manchen neidischen Blick der Minderbemittelten in der Frühstückspause.

Wiede kam nie in Jungvolkuniform. Trotz Jugenddienstpflicht hatte er sich herausmogeln können. „Ich geh doch nicht zu so einem Verein! Mein Tennissport geht vor."

Hartmut Zimmermann kam meist im Matrosen- anzug und war unzertrennlich von Kahle, sie sprachen gerne in Rätseln oder in einem verquasten Deutsch, das einigen geheimen Regeln gehorchte. Dadurch waren sie ein separates Paar mit sonderlichen Ambitionen. Sie hielten sich zur „Oberschicht der Klasse", obwohl ihre finanziellen Verhältnisse sich nicht durchschauen ließen, eher aber den „Leuten mit Geld" ähneln mußten.

Zimmermanns Vater mit spitztem Bart, dadurch schon abwegig zur gängigen Mode und Politik gekennzeichnet, in seiner Kleidung etwas altfränkisch und in seiner Wortwahl kaum Sympathie zum NS – Regime zeigend und spöttisch auf Federers Jungvolkuniform reagierend, ihm verzwackte Fragen stellend, hatte seinen Sohn Hartmut in strikter Haltung des Skeptikers erzogen, und Kahle blödelte mehr als ernsthaft in gleicher Kerbe. Federer spürte diese ihm fremd entgegen wirkende Kraft. Aber jung, wie er war, wurde ihm das nicht zum Wichtigsten.

Günters Vater war Schuhmachermeister. Geld schien bei ihm keine Rolle zu spielen. Was heißt schien? Er hatte stets irgendeine Neuigkeit, die ihm die meisten bewundernd neideten. Er selbst war eine Besonderheit. Er war so dick, daß er Brüste wie ein Mädchen hatte und im Sportunterricht seinen Körper kaum beherrschen konnte. Er gab Parolen aus, er kannte die neusten Filme, er war immer ein "Stück voraus", Spotten fiel ihm nicht schwer und Stören des Unterrichts auch nicht. Manchen stieß er vor den Kopf.

So kam es zum Zweikampf mit Federer, was der sich vor der Klasse hoch anrechnen ließ, denn mit Günter sich anzulegen, bedeutete, die Fleischmassen aufzufangen und dem schweren Rempeln Kraft entgegenzusetzen. Der Dicke flog erst in die Ecke, setzte dann aber zum Gegenangriff an, so daß Federer sich nur noch an den Bänken festhalten konnte. Da rettete ihn das Klingelzeichen und der eintretende Lehrer. Gezischte „Vergeltung" ob des Wagnisses, überhaupt etwas gegen ihn unternommen zu haben, waren noch zu vernehmen. Aber Federer wartete in der nächsten Pause vergebens. Günter spottete nicht mehr, und auch seine Angriffslust war verflogen. Es gab also einen Waffenstillstandskompromiß.
Und so waren es neben den dreien noch die anderen „Reichen", die es nicht nötig hatten, den Naziparolen etwas abzugewinnen.
Federer gehörte zu den Jungvolkjungen aber auch zu den Söhnen der Minderbemittelten, wurde allzu oft mitleidig betrachtet. Da er aber – von stattlicher

Größe – fast alle überragte, auch kräftig war, gab's einen gewissen Ausgleich. Das war's aber, was ihn bei einigen verhaßt machte. Es schliffen sich Gewohnheiten ein, die die Schulklasse spalteten. Manche sprachen mit einander kaum ein Wort oder hetzten die richtigen Leute auf gegen diesen und jenen. Federer sprach ein gutes Deutsch und war sehr oft der letzte, der eine gewagte Deutschkonstruktion oder einen Satz richtig zu Ende bringen konnte. Der Gebrauch des Konjunktivs hatte er allen anderen voraus, und Grammatik war sein Steckenpferd; das half ihm auch im Englischen ganz ungemein. Einige meinten, er sei ein Streber. Aber er selbst wußte, daß seine liebe Mutter ihn führte und aus einem großen Sprachschatz schöpfte. Im Zeichnen und Malen war Vater sein Urheber für gute und sehr gute Leistungen.

Ein kahler Balkon läßt die Gedanken schweifen. Da tauchen weitere Namen auf, andere entschwinden. Nur dieses Denken ist kurze Gegenwart, alles Gedachte liegt weit zurück, „verschwimmt" zum Teil, es geht aber um Erlebtes, sonst wäre alles ohne Sinn. Federer ist da aus allen Gefahren heil herausgekommen, allerdings ist er gekennzeichnet von Diabetes, von Knochenbrüchen, schmerzen bei Wetterum-schwung, und die Narben sind Wirklichkeit, ihre Male leicht zu entdecken. Nur was einst Inhalt des Denkens und Fühlens, das Weltbild, die Maxime im Leben war, muß rückwärts schauend wiederentdeckt werden. Wie viele Einzelmomente brauchten neue Folgeerlebnisse. Ungenutzte Chancen vertan? Es konnte eben nicht anders kommen. Des Schicksals „Sterne" liegen nicht „in Deiner Brust". Wenn doch, dann kann man es nicht Schicksal nennen, Zufall eher, bestimmte Koordinaten des Lebensfadens zu einem Knoten vereint, nicht lange haltend, da oft Sekunden entscheiden! Alle Reue danach über falsche Abläufe, über ein fehlendes Wort, über eine zarte Berührung für Sekunden, über eine verpaßte Gelegenheit ist schmerzlich, aber nicht wieder „gut" zu machen.

Federer hätte sehr oft gefühls -, (besser:) instinktmäßig bzw. zu seinem Glück gute Wendungen zu seinem Eigen machen können. Das bewahrte ihn dennoch nicht vor schweren Schlägen.

Jedenfalls war der Balkon zum Hof nur wenige Jahre lang ein Ort der schulischen Hausaufgaben und Anhängsel am sonstigen Leben. Bald belebten ihn andere Familien mit anderen Lebensinhalten; sein Leben spielte sich an vielen Orten ab, das Wanderdasein war Charakteristikum der Zeit „großer" historischer Begebnisse, die bis in die kleinste seelische und körperliche Ecke einwirkten.

Federers Schwester und er waren wie zu vermuten in Südamerika geboren. Der Not in den zwanziger Jahren entgehen wollend, hatte der Vater seine kaufmännischen Kenntnisse und Erfahrungen dort einsetzen wollen, da obendrein auf Kontakte mit der Stammfirma in Berlin eine

Ausgangsposition zukam, um nicht ins „kalte Wasser" geworfen zu sein.

Viele, viele Deutsche lebten im südlichen Kontinent, nach den großen Gebietsveränderungen in Europa – die Siegermächte ließen ihren Rachegelüsten freien Lauf gegenüber allen Deutschsprachigen in Deutschland und Österreich - waren sie ausgewandert und gern gesehene Einwanderer im besiedelten Argentinien, Brasilien.

Mit ihnen waren Deutschnationale, nationalsozialistische, kaisertreue und auch entwurzelte Gruppen ins Land gekommen. Alle verband eine starke Sehnsucht zur alten Heimat aus ganz verschiedenen Gründen: handelsseitige wie die des Vaters, auch politische aller Richtungen und abenteuerliche bei denen, die aus abgetrennten Gebieten entflohen waren. Österreich war auseinander gerissen worden, und einzelne Volksgruppen fanden ihre Heimat in neuen Staatsgebieten, die alten waren durch Sprachverbot, religiöse Zwänge nicht mehr lebenswert.

Der aufgehende politische Stern Hitler brachte auch Hoffnungen aller Art nach Südamerika. Kommunistische Anhänger waren ihre "natürlichen" Feinde, und so gab es im Kleinen wie im Großen rivalisierende Leute. Berufsseitig waren Handwerker den „Stehkragenproleten" feind und sonstige Parteigänger wieder den Unpolitischen.

Gemeinsam war fast allen Heimweh und das Leben von der Hand in den Mund.

Dennoch: Wir sind doch keine „Hitlerjaner!", „Rotfront lebt!", „Wir Katholiken sind hier Glaubensbrüder!" usw. trennten die Menschen.

Außerdem gab es genug Banditen aus vieler Herren Länder, die Nutznießer des Fleißes u. U. genügsamen Wohlstands der Tüchtigen unter den „Neuen".

Es gab also auch genug Spannungen, die bis zum Haß ausarteten. Neid auf Erfolg, Wut wegen eigener Mißerfolge. Die deutschen Schulen hatten die Kinder unter ihren vereinheitlichenden Fittichen, obwohl das Lehrerkorps sich ethnisch sehr unheinheitlich zusammensetzte.

Die NSDAP war die aktivste und stärkste Gruppierung. Getreu dem Vorbild in der Heimat, baute sie eine SA auf und beeinflußte die stark vertretene deutschsprachige Industrie – und Handelswelt.

An Feiertagen (deutschen und des Gastlandes) wehten Schwarz – Weiß – Rot, Hakenkreuz neben den Fahnen der Einheimischen von den höchsten Dächern.

Deutsche Filme – nach 1933 „Hitlerfilme" wie „SA – Mann Brand," „Hitlerjunge > Quex <," sogenannte Kulturfilme über das neue Deutschland – waren dominant und mit spanischen Untertexten versehen. Den stärksten Einfluß hatten die USA mit nicht immer deutsch-freundlichen Themen.

In diesem Gemisch der Kulturen waren Überfälle, Raubdiebstähle, Einbrüche an der Tagesordnung. Für die Kinder allerdings mehr Schauergeschichten und Gruselthemen.

Der Vater schloß sich dem „Stahlhelm" an. In Argentinien war also das Eldorado aller politischen Richtungen. In der Nachbarschaft war die Familie König kommunistisch orientiert, allerdings verhalten, da der Lebensunterhalt wichtiger als jede Gesinnung war. Jeder meinte, seine Zeit sei noch nicht gekommen, wohl aber ganz bestimmt im Anlauf, und dann wollte man zeigen, wer das Sagen im Lande hatte. Federers älterer Bruder und er waren Schüler der Deutschen Schule und lernten ein umfangreiches Pensum. Die wissenschaftlichen Fächer wurden zweisprachig gehalten, um dem Gastland die eigenen Rechte zu wahren. Prüfungskommissionen überraschten mit halbjährlichen Besuchen und Stichproben – Examen das Einhalten der Lehrpläne.

Die Aktivitäten der NSDAP stachen allen anderen, sowohl den Unpolitischen als auch den „völlig" Neutralen als auch den Roten in die Augen. Die Feindschaften organisierten sich.

Da der Existenzkampf aber in Krisenzeiten hart durchgriff, wurde manche politische Fehde auch unter der Oberfläche geführt.

Bei Schulfesten ging es um Flaggen am Schulgebäude, um die Zeichen am Sportzeug der Schüler, um Nationalhymnen und Inhalte der Reden.

Ein Schuldirektor hatte „alle Hände voll zu tun" um die Kampfhähne in der Elternschaft zum Wohle der Kinder zu bremsen. Ein Schulverein als Träger der Bildungsanstalt war für jede Schule eine Notwendigkeit. Erst mit diesem offiziellen Status flossen wohl auch Gelder aus Staatskassen. Das Bildungsnivau war hoch, also auch eine Investition in die Zukunft. Generell waren die südamerikanischen Länder deutschfreundlich; man schätzte das Können und den Fleiß der Einwanderer.

Die Einrichtung solch einer Mehrklassenlehr - und Lerninstitution war modern. Schulaula, Turnhalle und Kino ließen sich mit wenigen Handgriffen ineinander verwandeln. Schulfeste schufen eine Art Schulgemeinde Unterrichtsgeld zahlender Eltern. Natürlich durfte man nicht unbedingt die Häuslichkeiten unter einen Hut bringen wollen. Manche Väter und Mütter sparten sich das Schulgeld vom Munde ab, so war denn auch das „Zuhause" oft recht fragwürdig. Da aber keiner von den anderen irgend etwas geschenkt bekam, ließ sich auch niemand über den Standard des anderen aus. Es war für alle mühsam genug, das Leben zu fristen. In solcher Umgebung gediehen Wunderglaube, der Glaube an den jeweiligen Gott oder an Führer oder Rattenfänger, was oft gar nicht von einander zu trennen war. Der Nuntius des Papstes, der Anfang der 30er Jahre den Süden Amerikas besuchte, weckte manch Hoffnung und brachte Seelenfrieden durch den Trost aufs Jenseits. Da war der Dienst in der Sturmabteilung der Auslands – NSDAP zumindest etwas Handfestes.

Ihre Programme – Ausbildung im Infantriewesen, Ordnungsübungen in Antreten und Bilden von Marschkolonnen – fanden weit draußen, man kann sagen in der Pampa, weit hinter der Behausung der Ärmsten wie Familie Magnan statt. Das war Wasser auf die Mühlen der Anti-nationalen und Pazifisten, die den Geist des Ganzen ahnten. Die kommunistische Presse, an der Spitze „La Critica", schürte das Feuer. Der „Dschin" zog alles Politische durch den Dreck, das Unwesen der reichen Eingewanderten, die Entwicklung in Deutschland und im faschistischen Italien, Schuschniggs Ära in Österreich und Anmaßende Ausländer im Lande.
    Wer es irgendwie ermöglichen konnte, in seine Heimat zurückzukehren, versuchte es zu tun.

Das Banditenunwesen nahm im gewissem Sinne überhand, wenn man überlegt, daß bei den meisten kaum etwas zu holen war. Also ging's den „lockeren Gesellen" selbst nicht gut, sonst hätten sie nicht auf seltenes Glück oder minimale Beute gesetzt. Die Polizei war Komplize und trotz vorgetäuschter strammer Tätigkeit für Ordnung und sicheres Leben, trotz der nach einsetzender

Dunkelheit regen Verständigung von Kilometer zu Kilometer per Polizeipfeife waren Einbrüche und Raubüberfälle dauernde Unruhebringer. Selbst in Villa Klein, einer ziemlich dicht bebauten Ortschaft und mit Asphalt versehenen Straßenzügen, an Villen und Geschäftshäusern vorbeiführend, war sie, diese kleine Stadt, sogar Ziel mittäglicher Überfälle und Einbrüche. Die Nähe der Bahn nach Rosario spielte dabei kaum eine Rolle.

Die Großstadt spie immer neue, dem Eigentum anderer sehr offenherzig angetane, dunkle Gestalten aus. Arbeitende Leute waren täglich in Gefahr, vom Verbrechertum geschluckt zu werden. Schutzgelderpressung gab's nicht nur gegenüber Lokalen. Wer bedroht wurde, legte lieber ein paar Pesos hin, wenngleich die „Schutzzeit" nach Belieben beendet und neue Forderungen erhoben wurden.

Bei Antonio fanden die Sitzungen und Beratungen statt. Vino tinto heizte die Gemüter auf und weckte neue Pläne der kriminellen Glaubensbrüder. Streng katholisch sein war eine Seite des Lebens, die Beschaffung des Lebensunterhaltes die andere. In der vorwiegend von Deutschen bewohnte Gegend war jeder gezwungen, einen weiten Weg zur FCCA (Zentrale Bahnlinie) – Station zu Fuß oder per Rad zurückzulegen. Das war zwar meist offene Wiese, aber dann in den Straßen gab es hervorragende Ecken, um zu rauben. Selbst vorm Töten schreckte man notfalls nicht zurück.

Händler und der Milchmann aus der Stadt hatten selbst am Tage keine Chance, sich vor Banditen zu schützen. Pferde wurden ausgespannt, die Ware geraubt und der Kutscher, nackt ausgezogen, in den Straßengraben geprügelt, wehrlos zurückgelassen.

Die Antoniorunde tagte. Diesmal war unser Vater an der Reihe, ausgeplündert zu werden, wenn er als Stadtarbeiter in einem Büro des Abends das Wohnhaus aufsuchen mußte. Aber er erschreckte die Mitglieder, indem er mitten in den Haufen hineinplatzte, eigentlich Antonio besuchen wollte als Nachbar zu einem Schwätzchen. Dazu nahm er meist ein paar Zigarillos mit und ein, zwei Flaschen Wein, so daß Antonio ihn unter seinen Schutz stellte. Allerdings waren die anderen davon nicht sehr begeistert und der „Gastgeber" deutete daraufhin an, wenn der Gast erst gegangen sei, wolle man sehen!

So kam es, daß an einem späten Abend bei Mondschein einige „dunkle Gestalten" (sie hielten sich im Schatten auf und wurden vom Schwarzen "verschluckt"), sich ihm an die Fersen hefteten. Sie waren nicht lautlos und unser Vater hatte sie von Anfang an bemerkt. Mit dem Instinkt des Weltkriegssoldaten war er, obwohl allein, mit gewisser Überlegenheit ausgerüstet, lief im Mondlicht gut sichtbar, wechselte oft die Straßenseite und setzte seinen Weg unbeirrt, nicht zu langsam, nicht zu eilig fort. Dabei ließ er seine Radom, 9mm, die verchromt war, im

Mondlicht blitzen und blinken. (Er hatte Antonio von seiner durchschlagenden Munition ab und zu ganz beiläufig erzählt, da ihm dessen Methode, zu Geld zu kommen, zugetragen worden war.) An unserem Vater hatte er sich noch nie vergriffen; die kleinen gelegentlichen Besuchsgeschenke müssen wohl das Gewissen ein bißchen in Aufruhr gebracht haben.

Dennoch entsprach das alles den fast gesetzlosen Zuständen südamerikanischer Staaten. Korruption, politischer Karrierismus, Revolutionen und parteipolitischer Hader ließen die Regierungen nicht alt werden; ständiger Wechsel war Dauerzustand und guter Nährboden für unkontrollierbare Zänkereien örtlicher Machthaber, und damit waren den Vergehen und Verbrechen Tür und Tor geöffnet.

Solche Leute wie Magnans wollten den kommunistischen Umsturz. Arbeitslosigkeit war ihr Nährboden. Die rot angehauchten Deutschen wollten nicht nur Hitler von hier aus bekämpfen sondern die kleinen Nazis außer Gefecht setzen. Federers Vater hatte immer häufiger den Wunsch nach Rückkehr zur Heimat geäußert, und Herr Magnan wollte den gleichen Weg gehen (mit dem Auftrag, den Federer – Vater zu beschatten; alle Methoden dazu waren ihm recht.) Aber erst einmal sollte der Einfluß der Nazis eingedämmt werden. Wie immer war dieses Ziel einer Fehleinschätzung der Situation zu verdanken, das

Wollen dem Nichtkönnen ausgesetzt. Mit Magnan schlief ein Kontakt ein, obwohl er dem Vater um den Bart ging, ihm vormachte, ein guter Freund zu sein, um mehr über die Auslands – NSDAP zu erfahren. Die eigenen Sorgen sorgten zu sehr, mit eigenen Problemen fertig zu werden.

Magnans schuldeten monatelang Miete und Geld für Lebensmittel, obwohl schon Bäcker und Fleischer nur am Monatsende kassierten bzw. kassieren wollten. Immer gab's Ausreden und Versprechungen, bald zu zahlen und alles „ins Lot" zu bringen.

Und plötzlich war die Familie verschwunden, die Gesetze taten dem noch Vorschub.

Die vielen ehrlichen Leute wurden durch wenige solche Beispiele ins Zwielicht gezogen, die Deutschen daher besonders. Die Regenzeit verhinderte weiteren Kontakt, diese Familie blieb unauffindbar.

Dampfschiffe lösten die Segler ab. Das waren z. T. schwere Laster auf regelmäßigen Routen wie z. B. Hamburg – Chile, unter diesen die P – Liner, Viermaster, tolle Vollschiffe oder solche mit einem Besanmast achtern.

Die ersten Dampfer hatten noch Masten mit Segeln, um notfalls unter Wind fahren zu können. Die Zeit der immer größer werdenden motor – oder dampfgetriebenen Passagierschiffe dienten den Auswanderern nach Südamerika oder in die USA. Um die dreißiger Jahre lohnte sich der Menschentransport noch.

Die HSDG hatte schöne schnelle Schiffe, die neben den Passagieren auch einen Teil Lasten beförderten.
Wie ein großes Haus, majestätisch im Hafen liegend, zeugten sie von Fleiß und Können der deutschen Schiffsbauer nach dem 1. Weltkrieg. Aller Herren Länder betrieben das lukrative Geschäft, ansehnliche Vertreter ihrer Staaten. Die Konkurrenz war groß, aber friedlicher Wettstreit war die Alternative der eigentlichen Bestimmung des Menschen. Bunt wehten die Flaggen am Heck hoch über dem Wasser.

Federers Kinderherz schlug schneller bei dem Anblick der Ozeanriesen, die in so vielen Farben und Aufbauten das Meer befuhren. Und so mancher fühlte sich bei Ordnung und Sauberkeit wohler als in seinem bisherigen Zuhause.

Wenn man an Charles Dickens' Reisebeschreibungen denkt, ist man froh, im zwanzigsten Jahrhundert Reisender zu sein.

Sturm peitscht auch heute noch die Meere, und so ein Riese mit fast zwanzigtausend Bruttoregistertonnen muß sich auch noch wohl oder übel den Naturkräften beugen.
Danach – im sicheren Hafen – leuchtet die Sonne wieder golden und verzaubert die Häfen des südlichen Kontinents.

Vier Wochen Schiffsreise erweitern den Horizont, lassen Kinder reifer werden ob der tausendfachen Eindrücke, Erklärungen der Erwachsenen und der immer wieder erstaunenswerten Riesenkraft des Schiffes.
Bevor es in den Hamburger Hafen geht, ist die Gestapo, ist der Zoll und sind die Fahnder an Bord, das bunte Menschengemisch nach ihren Gesetzen einzuteilen, Fäden sind gesponnen mit Aufträgen, geheim und öffentlich; Agenten und Lustreisende einerseits, Bedienstete und Geschäftsvertreter andererseits, Schnüffler und Werber, Normalmenschen und dunkles Gelichter entsteigen über St. Paulis Landungsbrücken dem Schiff, freudig begrüßt oder mit „Banditenschmuck" empfangen. „... doch das Messer sieht man nicht!"
Und die Welt ist so klein, daß man sich im neuen Erdteil wieder trifft, längst vergessen, und die Zeit mahnt. So ist nicht jeder jedem gut gesonnen...

Sehr wohl kann man auch auf „Einheitsschiffen", wie sich zur Hebung der Reiselust die Dampfer der Hamburg – Süd nennen, immer noch „gehobenere" Passagiere und die weniger gehobenen unterscheiden; wiewohl eine Passage verschieden kostet. Kabinen am Promenadendeck mit ihren Fenstern und die an der Wasserlinie, also im unteren Teil des Schiffes liegen, zeigen, bei wem mehr Geld vorhanden ist. Federers Vater mußte lange für die NSDAP Agitations – und Propagandamaterial zeichnen und malen, um das Geld für die Mutter, für den „großen" Bruder, die kleine Schwester und den „mittleren" zusammenzubekommen.

Vater mußte sich „überarbeiten", für eine Rechnungsbegleichung reichte es nicht.

Vier Wochen sahen sie Vater nur einmal in der Woche, sonst war er in den Versorgungsräumen „tief unten" als Arbeiter eingespannt, ob Sturm oder „glatte" Fahrt.

Buenos Aires – Montevideo war ruhig und schön. Federer nutzte die Zeit, das große Schiff kennenzulernen; er verlief sich oft, aber dann hatte er den „Bogen raus", auf dem schnellsten Wege, Speisesaal, Aufenthaltsräume wie Schreib- und Leseräume zu erreichen oder Heck und Bug zu „verbinden."

Als Kind sah er nur das Neue, das Schöne. Die leeren Säle im Zwischendeck, mit festgezurrten Stuhl - Hundertschaften – staubig und eigentlich erschreckend – nahm er nur so nebenbei wahr. Alles war interessant, geradezu abenteuerlich! Die Häfen verführten zu stundenlangem Schauen und

Bewundern der anderen Schiffsriesen und der kleinen Schleppdampfer, die heisere Sirenentöne von sich gaben und kreuz und quer durch das Hafenbecken fuhren.

Magnan war wieder aufgetaucht. Die Jahre hatten ihn kaum verändert. Mittelgroß, im Vergleich zu unserem Vater klein wirkend, tat er alles, um mit seinen Prahlereien aufzufallen, er verwechselte Länge und Größe. Auf seiner Reise nach Berlin war alles mies. Nichts hätte ihn zufriedenstellen können. Aber nun trete er sein Erbe an, das ihm fortan ein luxuriöses Leben ermöglichte. Wie er – der Schulden wie ein „Major" gemacht hatte – sich aus aller Politik heraushalten würde, beschrieb er genüßlich. Das Prahlerische durchzog alle Gespräche aufdringlich.

Sie hatten sich einmal getroffen und seltsamer Weise lieh er sich sofort Geld, da er „im Moment" nichts bei sich hätte. So nebenbei erfuhr er, was der Vater nun vorhatte. Dabei spielte die Politik eine Rolle; denn der Neuanfang in Berlin konnte ohne die Beziehungen bei alten Freunden, mochten sie zum 3. Reich stehen wie auch immer, sehr schwer werden. Magnan spendierte vom geliehenen Geld ein gutes Essen, und Getränke taten ihre Plauderwirkung, so erfuhr er vieles, was er bis dato noch nicht gewußt hatte. Man trennte sich mit dem Versprechen, sich bald wieder-zusehen. Prahlerei und Lüge sind echte Verwandte, und Magnan log so gut, daß das bißchen Aufschneiderei verblaßte. Irgendein Verdacht in bezug auf die Erbschaft und das Wohlleben und das damalige Verschwinden kamen nicht auf. Aber aus dem Wiedersehen und Kontakthalten wurde scheinbar nichts. Federer wollte die Familie mal besuchen, konnte aber unter der genannten Adresse keine Familie M.

ausmachen. So blieb, da Herr Magnan sich nicht mehr meldete, jedes weitere Treffen aus.

Die Mutter hatte eigentlich die ganze Last für die Familie zu tragen. Sie tat es aufopfernd und mit großer Liebe. Ihre Schwestern halfen ihr finanziell. Mit der sie sich am besten verstand, gab's nur ein kurzes Wiedersehen – sie starb. Das wenige der Hinterlassenschaft „butterte" sie dem Wirtschaftsgeld zu; denn Vaters Auslandstätigkeit war kein Schlüssel zu einer angemessenen Entlohnung. Irgendwie schien der „Wurm" in allen Vorhaben zu stecken, kaum etwas gelang. So kam es, dass Federer nicht zu den begüterten Klassenmitgliedern gehörte. „Wiede" schüttelte sehr oft den Kopf und meinte, der Sohn eines PG müsse anders gekleidet sein und mit erhobenem Haupte seinen Platz beanspruchen.

Der PG setzte sich in die Nesseln, indem er sich recht „ketzerisch" über seine Mißerfolge äußerte. Wir hörten ihn oft über die „akademischen Rotzer" herziehen, die ihm, dem erfahrenen "Auslandskämpfer", vor die Nase gesetzt werden. Die Gestapo wartete nicht lange mit der Vorrede. Eine Warnung wurde „nur einmal" ausgesprochen. Selbst als Träger des goldenen Parteiabzeichens solle er sich im Zaume halten. Wer den Tip an die Staatsbüttel weitergeleitet hatte, war nicht zu ergründen. Aber ein Feind mußte dahinterstehen. Alles ging noch einmal gut ab.

Da der Krieg vor der Tür stand, hatte man Federes Vater scheinbar vergessen, da ein beruflicher Aufstieg sich anbahnte und mit den Siegen einherging. Die Versetzung nach Prag, der

Offiziersrang waren nicht zu unterschätzende Tatsachen. Aber die Trennung der Eltern ein herber Schlag. Der Bruder wurde Soldat und fiel im Osten, was schwerer wog als alle Folgen des Krieges aus der Luft und des Hungers. Federer kam zur Flak und dann zum Fronteinsatz. Die Mutter schwebte in tausend Ängsten, und sie hatte Veranlassung dazu! Es gab eine Zeit zwischen seinem vierzehnten und zwanzigsten Lebensjahr, da kannte er keine Sehnsucht, kein Heimweh nach Hause. Eine Zeit, in der man glaubt, das Älterwerden ist eine Angelegenheit anderer Leute, nicht die, die einen selbst betrifft. Man ist gesund, man hat Gefährten im gleichen Alter, jeder Tag hat seine eigene Bedeutung, der man sich stellt, um am nächsten Morgen wieder Neues zu erleben, alles wie es sein muß. Auswirkungen auf später? Wie sollte das sein?

Man war fest eingefügt in eine Institution. Schule in Ostpreußen, Niederdonau, eine kurze Zeit wieder in Berlin. Man hat seine Schwester und die liebe Mutter gern, der Vater ist zwar fern, zahlt seinen Unterhalt für die Familie, der Krieg schien seine Rechtfertigung bekommen zu haben, und von der zu erwartenden Einberufung war man noch weit entfernt.

Federer wollte wieder fort in ein Internat, wollte Landschaften sehen, und vor allen Dingen fuhr er sehr gern Eisenbahn. Von so einem großen Bahnhof wie dem Anhalter rollte er hinweg durch Landschaften, die er vorher nie gesehen. Am Abteilfenster zogen weite Felder, Wälder und Wiesen vorbei, die Sonne strahlte vom Himmel.

Halle hat einen interessanten Bahnhof. Beim Umsteigen hatte man Zeit, das Leben ringsherum zu betrachten, Züge ein – und ausfahren zu sehen und der Dinge zu harren, die da kommen würden. In Richtung Kassel, durch die „goldene Aue" (aus dem Erdkundeunterricht in Erinnerung) nach Nordhausen, Sangerhausen und weiter durch eine liebliche Landschaft, hügelig, mal mehr Wald, mal mehr Felder.

Leute steigen ein und aus. Bauern mit Hühner - und Gänsekäfigen; wenn sie aßen, waren es große Stullen, gut belegt, man sollte mitessen, währenddem immer neue Ortsnamen, neue Ansiedlungen vorbeizogen. Und dann kam Leinefelde, ein kleiner Bahnhof, Umsteigeplatz für Federer zur „Kanonenbahn" Richtung Eschwege. Bald war Dingelstädt vom Aussteigebahnhof im Tal zu erblicken mit einem imposanten Gebäude in seiner Mitte. Hinter der Stadt gingen in verschiedene Richtungen Obstbaumchauseen die leichten Hügel hinan. Eine friedliche Landschaft beinahe wie erträumt! Die Straße runter konnte es nur zur Heimschule gehen, die immer im Blickfeld lag, denn etwas anderes konnte das vorhin geschaute rotgedeckte Haus mit einem Turm nicht sein.

Kleine Häuser, ein –, zweistöckig, Gaststätten und gediegene Geschäfte trotz Krieg, es war der Spätsommer 1942.

Die Schule war nicht mehr der Lebensinhalt; denn die Klasse war zusammengewürfelt und auch Mädchen waren drin. Die Lehrer konnten die Schüler nicht so recht zusammenbringen. Auch wirkte sich die sporadische Schulbildung der letzten Jahre aus, und Mathe war nicht Federers Stärke. Und im Sport war der Körper nicht mehr geübt und mancher hing wie ein „nasser Sack" am Reck.

Das Jahr 43 begann mit dem Zusammenbruch der Front im Osten, und nun war es klar, daß auch die Sechzehnjährigen irgendwie eingesetzt würden.

Inmitten einer schönen, welligen, fruchtbaren Landschaft liegt im Saaletal Leuna. Ihm schließt sich Schkopau und Buna an.Mittendrin liegt Merseburg und im Norden der Kette Halle an der Saale. Bad Dürrenberg öffnet die Tore Richtung Leipzig und nach Westen in die Ebene der berühmten Schlacht von Roßbach. Zeitlich zurückliegend, aber nicht weniger geschichts-trächtig, mit dem >Deißigjährigen Krieg< zu trauriger Bedeutung geworden, das Städtchen Lützen.

„Rund um Leuna" waren unzählige Flakbatterien eingebettet, um das kriegswichtige Produktions-zentrum zu schützen.

Als die „8,8" nicht mehr ausreichte, einzelne Batterien zu wenig Feuerkraft besaßen, wurden Großkampf – Flakverbände stationiert und mit der 10,5 bestückt. 12,8 Eisenbahnflak verstärkte von der Fernbahnstrecke zwischen Großkorbetha und Spergau aus die Effektivität der Luftabwehr.

Wer Kurzurlaub hatte, konnte sich der Merseburger Zaubersprüche erinnern, und das alte Schloßareal mit dem Rabenkäfig aufsuchen. Halle bot als größere Stadt willkommene Abwechslung.

Ansonsten ging's bei „Bedarf" nach Halle – Döhlau ins Luftwaffenlazarett oder zu Übungszwecken mit der alten W34 („Weihe") an den Rand der Stadt.

Mit sechzehn Jahren – gerade erst im Februar geworden – rausgerissen aus einer sowieso schon recht labilen Schulsituation, begeistert zwar, aber dennoch zu plötzlich für einen kontinuierlichen Schulablauf und in eine ungewisse Zukunft verpflanzt, ist der Mensch mehr als perplex.

Eine Holzbaracke, in der 12 Jungs „wohnen" sollen, die gleichzeitig noch der Ausbildung dient, ist eine krasse Umstellung.

Mitten auf einem Acker, der den Jahreszeiten entsprechend bearbeitet wird, den man täglich kreuz und quer über Lattenroste begehen muß, ist man von der Welt abgeschnitten!

Sobald das zu Erlernende einigermaßen sitzt und nichts mehr Neues hinzukommt, wird's langweilig, aber die tägliche Übung (immer dasselbe) ist Mutter der Flak. Am schlechtesten haben es die E – Messer getroffen; sie müssen ihre Meßreihen abends mit dem Rechenstab ausrechnen, wenn die anderen, die B1 – Leute und die Kanoniere Karten spielen oder Briefe schreiben oder lesen.

Allerdings hat der Entfernungsmesser beim Schießen über Kommandogerät >EM 4m R 40< die größte Verantwortung, quasi einen Ehrenposten!

Der gnadenlose Acker geht auf die Nerven. Das Land ist flach, und fürs Auge des Normalmenschen bringt er keine Abwechslung. Der Jäger auf dem Anstand sieht es wohl anders, so soll's wenigstens sein. Wochenlang passiert nichts. Ein paar Rehe oder Hasen überqueren die Ebene, das Unkraut oder die Kartoffeln oder das Getreide schießen hoch und in der Ferne üben die Nebelleute mit ihren Chemiewolken. Ab und zu werden auch Sperrballons hochgelassen, um im Ernstfall Tiefflieger abzuwehren; denn die

Verbände der Angreifer fliegen sowieso über 10000m hoch außer Reichweite der 8,8 und „schon lange" für die Sperrballons.

Urlaub wird's erst nach der Besichtigung geben, das ist lange Wochen hin!

Inzwischen kennen die E – Messer ihre Um - gebung von Horizont zu Horizont: Esse Groß - Kayna, Wasserturm Bad Dürrenberg, Kirche Klein-Korbetha, Kirche Groß – Korbetha, südliche Esse Leuna, die „Merseburg" ... .

Dazwischen im Sommer nach 9 goldgelbe Getreidefelder, hinter der Hügelkette Mücheln, Richtung 3 ist Lützen zu ahnen ... .

Dienst, Dienst, Dienst. Danach werden die Kartenspieler nach Stunden wahre Meister, die, wenn sie Geld haben, darum spielen.

Öde, Öde, Öde, wenn nicht einmal wöchentlich das Duschen im Heizwerk Dürrenberg oder im Braunkohlenwerk Groß – Kayna wäre.

Gut Bäumchen dient als Zielansprache beim Infanteriedienst.

Wochenlang passiert nichts, der Sommer 43 ist die Vorahnung für die Endmelodie. Die Luft flimmert, Hitze lagert über Geräteschuppen, Offiziers – und Mannschaftsunterkünften, über den Wällen der Geschützstaffel mit den Kanonrohren in gleicher „Höhe" und „Seite". Nur auf der B1 steht der Flugmeldeposten, und an der Schranke läuft der alte Landser mit dem Karabiner 98L, über die Schulter gehängt, seine zehn, zwanzig Schritte hin und her.

Der jungsche Leutnant Halli, korsetttailliert, läßt sich ab und zu zwischen den Unterkünften sehen.

Der Batteriechef scheint ihm etwas zu Kopf gestiegen zu sein; denn er ferzt die „uralten" Obergefreiten mit ihren etwas müden Bauerngesichtern, die an ihre Schweine im Stall und Rinder und Pferde denken, lautstark bei jeder nur denkbaren Gelegenheit an. Der „Spieß" hat andere Sorgen, er achtet auf das gefettete Schuhwerk, auf die ordentliche erste Garnitur, wenn jemand die Batterie verläßt. (Hermann Göring hat selbst für die „Erste" Schuhputz mit Creme verboten – längere Lebensdauer mit Lederfett – wir sind im Kriege!)

Die Flakbatterie bei Roßbach mit ihrer Weitsichtlage und für westliche Angriffsverbände der erste „Kontakt" mit dem Luftverteidigungsring war auch einen Übungsbesuch wert.

Federer war zuerst nach Wengelsdorf gekommen, im Dreieck Spergau – Bad Dürrenberg – Großkorbetha, an der Hypotenuse gelegen. Das war die Ausbildungseinheit. Die Luftwaffenhelfer „lernten" dann die Flakstellung an der Saale, in der Nähe von Korbetha, dann die bei Spergau, danach bei Dürrenberg und anschließend die bei Klein - Korbetha „kennen". Letztere eine Großraum – Stellung, aus 3 Batterien mit 10,5 – Geschützen bestehend, in aller Eile Ende 1944 zusammengestellt.

Die schweren Angriffe liefen über den Süden, d. h. von Weißenfels kommend. Hier ging es „rund"!

Auf Urlaub nach Berlin!

Der knochenhart fahrende Personenzug nach Halle, von Hunderten Arbeitern benutzt, jahrelang im Dienst von morgens bis abends und von da an bis zum Morgen, wie es die Schichten in Leuna und Umgebung verlangten, konnte höchstens Rücken und Gesäß schmerzen. Die Freude, für zwei Wochen nach Hause zu können, ließ sich dadurch nicht bremsen!

Ab Halle Hauptbahnhof fuhr ein Eilzug, im besten Fall ein D-Zug, von Naumburg kommend. Federer schaute aus dem Fenster, ließ die Landschaft mit qualmenden Schloten von Bitterfeld, die nachfolgenden Felder und Wälder an sich vorrüberrasen. Ein schönes Mädchen, blond, ihre Haare flogen weiblich locker im Fahrtwind, da sie auch aus dem Wagenfenster weiter vorne hinausschaute, winkte und lachte ihn an. Ob sie jeden Tag um diese Zeit in Richtung Anhalter Bahnhof fährt, vielleicht zur Lehre oder zum Lyzeum, denn so „alt" schien sie zu sein, oder auch freudig zur Familie? Die Gleise klirrten, die Lock pfiff, die Bahnschrankenglocken läuteten ihr eintöniges Bim, Bim; Leute grüßten als Fußgänger oder gar aus einem Auto, da sein junges Gesicht zur Uniform einen Kontrast bildete – er war sechzehn und hatte monatelang „auf dem Acker" gelebt; etwas eintönig für sein Alter. Beim Flugmeldeposten hatte er die Hasen hoppeln sehn, um die Gunst der Weibchen buhlend.

Die Bauern bearbeiteten ihre Felder und mußten dabei mühsam um die Laufstege zwischen den Unterkunfts – und Gerätebaracken herum eggen oder schälen, pflügen oder grubbern je nach der Jahreszeit.

Jedenfalls winkte er fröhlich zurück und erfreute sich ihres lieblichen Angesichts! Jung sein ist schön, auch wenn man es sich nicht als besonderes Verdienst anrechnet, und die Neugier ist groß – aber sie steigt aus, und alle fröhlichen Gedanken sind abrupt aus dem „Rennen" geworfen.

Wieder ein Abschied, wenn auch nur ein kleiner. Der Zug rast weiter ohne Rücksicht, Ludwigsfelde flitzt vorbei, und bald sind die ersten Häuschen von Berlin zu erblicken. Manche recken ihre Dachbalken schwarz in den Himmel, und über den Fensterhöhlen sind Brandspuren das letzte „Lebenszeichen". Der Krieg hat die ersten grausigen Spuren ins Land gebombt.

Wie wird Berlin aussehen? Und da hat's die Leipziger Straße und Moabit erwischt.

Zu Hause ist noch alles in Ordnung! Und Federers liebe – sorgenvoll dreinblickende Mutter – kann sich ein wenig an ihm aufrichten.

Der große Führer hat sich gewaltig verrechnet, was sich an immer größeren Verlustzahlen niederschlägt! Zuerst schien der Krieg zu „laufen". Seit es aber zwei Fronten gab und mehr, zeigte die Welt, daß sie nicht gewillt war, tatenlos ihrer Vernichtung zuzuschauen. Aus Siegen waren immer mehr Niederlagen geworden.

Der Bruder kann niemals zurückkommen! 19 Jahre alt, fast ein Kind noch!

Und die Schwester war mit der Schule im „Protektorat", fern der Bomben.

Welche Mutter bangt da nicht um jedes Lebenszeichen?

Flakkampf

Die Abschüsse knallen hart krachend von Geschütz „Anton" bis „Friedrich", einen Feuerstöpsel in den Himmel stoßend. Schuß auf Schuß in das Gebrumme der überfliegenden „Forteß 2".

Der Himmel ist wie gekämmt, kreuz und quer laufen die Kondensstreifen flächendeckend durch das Blau.

Die Kanoniere kommen nicht zum Denken, sie müssen die Werte von der B1 abdecken, gleichmäßig und genau. Wer beim Batteriechef am Komandogerät „ackert", also den Verbänden per Optik folgt, sieht die Bombenklappen aufgehen und den „Segen" herausquillen. Der Flugmeldeposten muß neuankommende Verbände herausschreien, und so ruft er dem stellvertretenden Chef zu: Neuer Verband aus Richtung „sechs"! (d. h. aus Süd).

Und im Gruppenfeuer erklingt die Glocke und der Schrei „Gruppe!" und wieder „Gruppe!"

Der Munitionsverbrauch ist riesig, und die Granatpatronen schleppenden Hilfskanoniere müssen immer weiter weg zu den Ersatzbunkern rennen und keuchen.

Da wird die Erde dumpf erschüttert, und es jault und pfeift zum Erbarmen.

Was ist los? Das „Müo" liegt noch aus vom Zielschießen am Vormittag, den Bombern eine willkommene Markierung der Flakbatterie!!!

Flakhelfer Gehrke springt über die Deckung, rennt in den spritzenden Dreck und hastet das weiße Tuch, zehn mal zehn Meter über Kreuz in seine Arme, zieht's noch ein paar Meter hinter sich her,

fällt, steht wieder auf, und da wummert es schon das nächste Mal, und nichts mehr ist zu sehen. Aus dem Staub und Qualm springt der Junge auf die B1 und schmeißt sich samt dem riesigen Lappenkneuel hin. Er sieht nichts mehr, seine Brille ist zu! „Gruppe"! „Gruppe!" – „Neuer Verband aus Richtung 10!" Wie ein kochender Hexenkessel knallt es und ballert's auf dem Batteriegelände. „Feuer einstellen!!" „Feuerpause!" „Frage Munitionsverbrauch", „Anton", „Berta", „Cäsar" antworten, „Dora" nicht; ihr Rohr steht auf Null und die Bedienung liegt außerhalb mit eingezogenen Kopf platter noch als platt auf dem Boden. Die Granatpatrone steckt im Geschützrohr und kann alles auseinanderreißen! Vorschrift: 3 Minuten, dann müssen K3 und Geschützführer „rein" und den Verschluß per Hand öffnen und den Metallkörper im rasenden Tempo aus dem Geschützstand bringen.
Die Munition ist fehlerhaft. Die Führungsringe sind jetzt aus „kupferplattiertem Weicheisen", der Schrecken der Ladekanoniere. „Emil" und „Friedrich" haben inzwischen keine besonderen Vorkommnisse gemeldet. Die Rohre stehen jetzt wieder alle auf gleicher „Höhe" und „Seite."
Was „springt" da über das buschige Gelände? Im Tiefflug röhrt eine „Lancaster" in 2000m Entfernung vorbei, um angeknackt zu entkommen. Der MG – Schütze ballert sofort los, aber sie entschwindet.
Erneut: „Gefechtsbereitschaft!" Und schon wieder kracht das Gruppenfeuer. Diesmal folgen die Geschütze einem im Wirkungsbereich quer-

fliegenden Verband, die „Höhe" ist beängstigend minimal, und da passiert es: Im nahen Neubaugebiet reißt ein tiefes Loch eine ganze Stube aus einem Haus, der Kalk stiebt, und alle, die es gerade sehen können, stieren auf das „Wunder".

Das wird einen Anschiß geben, und schon laufen die Telefone heiß von Nachbarbatterien höhnisch, vom obersten Chef schreiend: „Nach Ende der Gefechtsbereitschaft Oberleutnant Ocken sofort zu mir!"

Am Abend ist der nächste Großangriff und die Feuerblitze erhellen den Himmel wie ein schweres Gewitter. -

Luftwaffenhelfer Gehrke hat in aller Eile das EK2 verliehen bekommen! –

Der „Totale Krieg" war Ausdruck des über-schrittenen Zenits der Deutschen Wehrmacht. Die 16-jährigen Jungs konnten trotz Einsatzbe-reitschaft und Tapferkeit keine Wende mehr herbeischaffen. Alle noch intakten Landser wurden aus den Batterien herausgezogen und an die Ostfront „geworfen". Wohl war ihnen nicht in ihrer Haut; sie ahnten, daß ihr Verheiztwerden sinnlos war. Die zum Erdbeschuß geeignete 8,8 Flak reichte an Zahl nicht mehr aus, und die Sowjetpanzer vermehrten sich trotz riesiger Abschußquoten! Ein Loch wurde nach dem anderem gestopft, eine „Frontbegradigung" nach der anderen vorgenommen. Selbst dieses Mittel half nicht mehr. Von Norden und Süden ab-geschnitten, mußten Armeen kapitulieren, ihre verbliebene Ausrüstung fiel in die Hände der

Sowjets. Tiefgestaffelte „Verteidigungssysteme"
wurden aufgerollt, da es an Geschützen und
Panzern fehlte. Das Ende? Die Haufen elender
soldatenähnlicher Wehrmachtsangehörigen wurden durch Moskau geführt, zerlumpt, krank,
demoralisiert und hoffnungslos. Sie verloren ihren
Durchfall auf den Straßen, sie konnten kaum noch
gehen.
Und immer noch hielt sich das System. Es gab ja
noch die Jahrgänge 28, 29, 30!!!

Momente der Stille sind Lebensoasen. Sie sind
grün in allen Nuancen und körperlich fühlbar;
höchst selten, da der Mensch überall Autos
braucht, um der Stille nachzujagen; er sucht sie in
der Ferne, obwohl er sie in der Nähe auch findet;
er hört sie nur nicht mehr. Mehr, immer mehr von
allem, nie kriegt er genug, aber eigentlich erreicht
er sie selten. Was soll er auch mit ihr anfangen?
Es gehört Übung dazu, Stille zu genießen. Bald
genug wird sie langweilig. Wird sie unterbrochen,
sehnt er sich nach ihr. Hat er sie, möchte mancher
Leben um sich, um nichts zu verpassen.
Wer kann das Vogelzwitschern, das Geknister der
Nadelbäume in der heißen Sonne, das Zirpen der
Grille, das Knacken im Gebälk einer Scheune, das
Gurgeln eines Baches, das leise Rauschen der
Baumkronen im Wind, die Tatzen einer Katze
tapsen hören, ohne vielleicht zu erschrecken?
Es surren Bienen und Wespen, es krabbeln
Ameisen zu Hauf aus ihrem Bau hinaus und in ihn
hinein, aber keiner ist so laut wie der Mensch, der

überall eingreift, überzeugt davon, es gehe nicht ohne ihn.

Federers Gedanken schwelgten in Erinnerung an lautlose Waldesränder, an den fernen Kuckuck, an die leise singende Luft, an säuselnde Aufwinde, in denen große Vögel ihre Schwingen breiten, höher und höher steigend, ab und zu einen Raubvogelklagelaut ausstoßend. Ganz, ganz oben im blauen Dom des Himmels zieht ein vierstrahliges Flugzeug seine Bahn, immer seinem tönenden Flug voraus, einem fernen Ziel zustrebend. Erst fein, dann aufplusternd geht ein heller Schweif hinterher, breiter werdend und schließlich zerrinnend; die Stille wird hörbar und ein Seelengenuß.

Sommergedanken, warm, umkost von angenehmer Luft, die nach Blumen und Kräutern duftet, an ein schönes Mädchen erinnernd, sie heißt Mathilde, hat weiche Haut und Knie weiblich rund. Seine knöchernen muskelsträhnigen Gelenke sind ein Hohn dagegen. Sie hat liebevolle Augen, in sie versenken sich die seinen, und er streichelt sie durchs Haar über die Augen bis zum Mund, weich berührt und höchstes Glücksgefühl erzeugend. Es wird nicht immer anhalten, dazu ist die Kriegszeit zu unruhig, und die Stille zu kurz; sie zu erleben ist wohl mehr Wunsch als Wahrheit. Als ob irgendjemand sie einem nicht vergönnt, weil der Mensch ja immer von Pflichten getrieben wird, die ihn eigentlich nichts angehen, die ihm fremd ja lebensfeindlich sind.

Die schönen Lippen sind beim Anblick und dem zarten Berühren wie ein Geschenk des Mädchens.

Nie geglaubt, so etwas Weichkosendes zu erleben! Und doch ist es schon viel zu viel an Wundervollem; diesem Augenblick wohnt schon das Ende inne.
Nie wieder wird es so sein, nie wieder eine Seele so gefüllt in Harmonie!
Der Luftwaffenhelfer hat nur ein paar Tage Urlaub!

Von Ende Februar 1943 bis zum September 1944 war Federer Luftwaffenhelfer gewesen, ab Dezember 43 Luftwaffenoberhelfer. Seelisch gestützt, ja zu „Hohenflügen" provoziert durch das liebliche Mädchen aus der „Wolfskuhle", Jugendliebe – einzigartig.

Das Flaktätigkeitsabzeichen war eine äußerliche Stimulanz, mit diesem stoben alle auseinander. Die Jüngeren ins Wehrtüchtigungslager, die „27er" und „26er" zum „Reichsarbeitsdienst". Ein kurzer Verschnaufsurlaub lag dazwischen.
Die Arbeitsdienstabteilung lag im Hessischen. Er war als Schüler im Eichsfeld zum Einzugsgebiet Kassel gekommen. Ansonsten wäre eine Abteilung im Brandenburgischen, z. B. Nedlitz zuständig gewesen.
Dann hätte der Rückzug nicht im März 45 sondern 5 Minuten vor zwölf begonnen.
Federer war Flügelmann des 1. Zuges, „wohnte" in Baracke 1 und hatte das vorderste Bett im 1. Stock.
Von der Flak her war er vorgebildet, ließ sich von niemandem etwas vormachen – der RAD schlug seltsame Blüten. Die Leute, die Schließerposten

hatten, also Wachdienst, hauten mächtig auf den Putz. Die aus dem 1. Zug gaben gewaltig Zunder, das reichte!

Der Fronteinsatz war das letzte Zeichen von Gesamtdisziplin . Die Ausbildung war nicht mehr konventionell, sondern nur noch auf Panzerwaffen effektiv abgerichtet. Die Panzerfaust forderte allerdings den ganzen Mann von 16 und 17, ja sogar 18 Jahren! Männer mit Kindergesichtern.

Federer hatte drei Freunde gewonnen. Das ergab sich so, als aus dem Arbeitsdienstgau Kassel 150 Arbeitsmänner zu einer Abteilung, die Hilfsausbilder entwickeln sollte, kommandiert wurden. Da diese Abteilung selbst Hilfsausbilder brauchte, wurde eben nach Musterung von Körpergröße und Verhalten und bereits vorhandenem Mannschaftsdienstgrad „Obervormann" Harald und Gerhard mit ihm ausgesucht.

Beim zweiten Lehrgang kam Siegfried dazu. Das Sauerland und das „Upland" waren das große Urlaubsgelände an Sonntagen und Übungsfeld für die Wochentage.

Willingen, Brilon, Alsfeld, Korbach waren „markante Punkte" im Repertoire. Bis Marburg und Gießen kam man mit Sonderaufgaben, wobei Gießen als Eisenbahnknotenpunkt schwer zerstört worden war.

Harald, durch und durch Sportler, Spezialist im Boxen, sah mit seiner schiefen Nase gefährlich aus, pochte aber nie auf seine „Muskeln". Er als Franke hatte Heimaterinnerungen, von denen andere nur sangen. Vierzehnheiligen, Kloster

Banz, der Main, die Kletterei, das schöne Coburg zierten seine Erzählungen.

Nur vom Vater gab's weniger Gutes, wiewohl Lehrer schlechte Erzieher ihrer Kinder waren. Harald wurde kurz, ja unmotiviert streng gehalten. Seine Uniform war vom gleichen Schnitt wie die der anderen, dennoch fiel er durch Haltung und Gesichtszüge besonders auf. Sein Fränkisch war Teil eines deutschen Landschaftssprachgemisches.

Gerhard aus Bielefeld, drahtig und zu besonderer Ausdrucksweise befähigt, schwärmte oft von einem „Butter", was kurz auf ein Butterbrot hinwies, und von seiner Familie im „Wellensiek". Mit Werkzeug, besonders der Axt, konnte er gut umgehen, spaltete Holzklafter mit einschätzendem Blick und kurzem Zuschlag. Er hatte den Schlosserberuf erlernt, mit dem er „gut bedient" war: Ein Schlosser kann „alles". Seine breiten Schultern paßten in die Uniform, die mit dem Koppel gut zu einer sichtbaren Taille führte. Seine Mütze, die sogenannte „Feldmütze" saß immer etwas keck auf seinen mittelblonden Haaren. Seine Stimme war etwas rauh – männlich. Ein schönes, schlankes schwarzhaariges Mädchen war seine Freizeitgefährtin.

Siegfried hatte eine hohe Stirn mit etwas zurückliegendem Haaransatz, blonde leichte Wellen lagen unter einer besonders geformten Kopfbedeckung, der Schirm in der Mitte leicht geknickt wie vom „unter – den – Arm – klemmen". Buttstedt und Weimar spielten in seinen Erzählungen eine Rolle. Als Oberschüler war er aus einer Eichsfelder Internatsschule gekommen. Warum er vorher in der Nähe von Sagan im Einsatz gewesen war, wußte keiner. Jedenfalls dieser Name zeigte die Enge des noch nicht verlorenen deutschen Gebietes auf. An ihm wurde der heldenhafte Abwehrkampf im Osten symbolisiert. Siegfried hatte etwas abfallende Schultern, durch einen Waffenrock besonderer Art, wer weiß von welcher Firma hergestellt oder aus einem vom Vorgänger abgetragenen zu einem neuen „zusammengeschustert" worden war. Es gab viele, nicht mehr originale Uniformen. Zeichen beginnender Desorganisation. (Oder sie stammte noch vom freiwilligen Arbeitsdienst!) Siegfried kannte die Gegend um Großmonra, Sömmerda, Kölleda, Beichlingen – Burgwenden, wo Federers Mutter als Kind gelebt hatte.

Einsatz
Hast Du's erkannt?
Es ist ein Sturm entbrannt,
doch ohne Feuerflammen.
Schwer schlägt der Takt der Zeit,
der Himmel hoch und weit,
er gibt die Spannung ob des
        Feindes Nähe wieder –
der ist noch nicht zu sehn;
jedoch er kommt, und jäh
fallen Angst und „Feuer frei!"
aufbäumend in des Soldaten
        Herz zusammen.

Man wünscht, das gelbe trockene Gras–
mannshoch – möchte einen unsichtbar machen.
Man wünscht, die Panzerfaust möge viel weiter
als die paar Meter schießen, man wünscht, jeder
Nebenmann träfe eines dieser quietschenden,
rumpelnden Kolosse ins Herz; man wünscht, nicht
geboren worden zu sein. Man wünscht, das alles
sei ein Wahnsinnstraum! Und dann kommen die
Flammen und der Sturm entbrennt und mit den
Flammen lodert der Haß; David gegen Goliath,
Grenadiere gegen Stahl –
                Das ist das Ende,
                rette sich wer kann!!

Drei schwere Panzer wurden abgeschossen. Einer geriet nach dem Treffer in voller Fahrt in eine Kute und blieb vornübergebeugt liegen. Die Luke öffnete sich und 2 schwarze Gestalten sprangen übereilig raus, kamen aber nicht weit, mit dem Karabiner 98 wurden sie als Zielscheibe benutzt und tauchten nicht wieder auf. Die anderen beiden flogen mit einer Stichflamme und ohrenbetäubendem Krachen, das sich mehrmals wiederholte, auseinander.

Man hatte es ausmachen können, es waren 5 schwere und drei leichte Fahrzeuge gewesen. Zwei der großen Kolosse quietschten rückwärts, ohne noch zu feuern und die leichteren drehten ab, aus den MGs Feuer spuckend.

Dieser Rückzug war bald zu erklären. Die Verteidiger lagen an einem Kiefernwaldrand, und Fahrzeuge hätten vor diesem Naturwall bald stoppen müssen. Von den Verteidigern war nicht mehr viel zu sehen, aber zwei Gestalten lösten sich aus dem hohen Gras, das nun stellenweise Feuer fing und weiß, nebelartig qualmte und die Sicht behinderte, und „klebten" dem einen Koloß Haftminen an, so daß es nochmals wie in der Hölle aufblitzte, Leuchtspurmunition durch die Luft riß und eine gewaltige Feuersäule entstand, wo eben noch ein schwarzes Ungetüm gestanden hatte.

Die Verteidiger rannten wie von der Tarantel gestochen durch den nun schützenden Wald zurück. Die letzte Kraft war verausgabt, an kein Halten mehr zu denken.

Und nun ging es in Gefangenschaft. Auf der nächsten 1a – Straße flohen Tausende, fuhren aber den Amis genau in die Arme.

Wenn Panzer mit 'ner weißen Fahne sich ergaben, war für die „Grenadiere" kein Halten mehr! Waffen weg. Jetzt ist es aus; aus für immer!

Wenn man jung ist, verkraftet man viel; was fürs Alter davon in den „Knochen" stecken bleibt, merkt jeder anders.

Auf riesigem Gelände, von Stahldrahtzäunen durchzogen, wo einst Pferde und Rinder grasten und Wasser soffen, lagen nun unzählige Wehrmachtsangehörige in unterschiedlichster Kleidung, mit Knobelbechern, Knöchelschuhen, Stiefelhosen und langen, schmal geschnittenen – Stoff war ja knapp geworden.

Die Sonne knallte auf das erbarmungswürdige Bild „lagernder" Männer.

Es wurden die sinnlosesten Gespräche geführt, die meisten drehten sich ums Essen, um Entlassung oder Auslieferung an die „Russen" und um Streitthemen, warum nun der Krieg ein Ende hatte. Manche waren gar nicht mehr richtig eingekleidet worden als „letztes Aufgebot"; belgische, polnische Uniformen gaben ein fremdes Bild. Zu fressen gab's nichts, Wasser auch nicht; ansonsten war nichts los außer Latrinenparolen. Federer gehörte zu einer Koppel, die umgelagert wurde und einen langen Fußmarsch vor sich hatte. Jeder war sich selbst der Nächste mit Wünschen, Erinnerungen und Träumen. Die riesige Zahl der Zwölferreihen erdrückte und macht nach einer Zahl von Stunden nur stumpfen Gedankenresten platz.

Aber selbst da sehnte er sich nach seinem Balkon, nach der Ruhe und dem Schatten auf dem Hof, nach der Liebe der Mutter, nach Schwester und Bruder. Dessen sinnloser Tod dreitausend Kilometer von der Heimat wie ein Weltschmerz sein ganzes Inneres erfaßte. Er dachte, keiner kann erraten, woran ich denke, da ich genauso daher trotte wie die neben mir.

Und er begriff auch jetzt noch nicht, was aus der großen, paradegeschniegelten Truppe von 1939 geworden war, ein unfaßbarer Sauhaufen!

Der „Waffenrock" die letzte Zudecke, eine Scheibe Brot die Tagesration.

Was wird werden? Wie sieht's daheim im „befreiten" Berlin aus? Unbezwingbare Barrieren lagen zwischen ihm und seinem Zuhause!

Gefangen zu sein, bereitete ihm körperliche Schmerzen.

Die Gruppen wurden immer kleiner. Schleswig – Holstein sollte ein großes Gefangenenlager werden; jede Ortschaft ein Gefängnis, aber auch die einzige Möglichkeit, 'ne Scheibe Brot und 'nen Schluck Suppe für den Tag zu bekommen.

Mit den drei Freunden baute er vier Zeltbahnen zu einem Unterschlupf zusammen, etwas Stroh gab es auf dem Gehöft, ganz ohne „Unterlage" konnte man sich den Tod holen besonders bei Regen.

Vorgesetzte gab es ab sofort wieder; sie wohnten im Scheunengebäude und kommandierten wie eh und je.

Kluge Köpfe riefen zu Schulungen auf. Es gab ja genug Ingenieure, Fachleute fürs Bauwesen, Landwirte, Gärtner ...

Und obwohl der Hunger alltäglich und immerwährend da war, einen belästigte wie ein scharfer Wachhund, waren eben Stunden des Ablenkens und auch des Lernens da.

Was nach der Gefangenschaft kommen würde, konnte keiner beantworten, aber Gerüchte über den Einsatz als Landarbeiter hielten sich, denn eigentlich war es logisch, daß die Ernte eingebracht werden mußte.

Der Engländer hatte den Norden übernommen, der bis nach Braunschweig, den Harz, ja bis nach Oldenburg und weiter reichte.

Also kein Nachhause, die Besatzer der westlichen Alliierten hatten keine Verbindung zu den Iwans, jeder wollte seine Kräfte nutzen, um in seiner Zone, das Loch der bedinnungslosen Kapitulation des Deutschen Reiches zu stopfen.

Eines Tages ging's nach Eutin, acht Tage durch ein Quarantänelager mit „Durchleuchtung" aller zur Entlassung Kommenden, Wegnahme aller nur dem Militärischen ähnlichen Gegenstände.

Damit hob das Sommerwetter die Stimmung der ehemaligen Angehörigen der Deutschen Wehrmacht.

Bauernarbeit war etwas Neues, die angekündigte Umerziehung vollzog sich Tag für Tag. Zivile Formen sind die eigentlichen Tagesnormen des Menschen.

Zonengrenzen waren nun die Puzzlepappstückchen aus denen Deutschland bestand – ohne Lebensgefahr nicht zu überschreiten. –

Landarbeiter ist wohl keiner lange geblieben, es trieb einen nach Hause.

In der englischen Zone, im Harz eingesetzt, war die Entfernung zur Grenze nicht weit. Trotz aller Warnungen wagte Federer das Abenteuer, nach Berlin über Umwege zu gelangen.

Die Sowjets hatten alles an Wegen und Stegen abgesperrt, die Patroullien kannten keinen Spaß.

Aus den westlichen Zonen gab's also keinen Weg und keinen Steg, der erlaubt war. Keinen Meter, den der Iwan – und sei es ein Stück Straße – für einen Übergang gab. Die Abschottung, der Verdacht auf Infiltration des Klassenfeindes entzündete sich ständig aufs Neue. Wer mochte unter diesen Umständen Bundesgenosse bzw. Alliierter bleiben?

Und so mußten die Deutschen unter Gefahr für ihr Leben die Demokrationslinie zwischen Ost und West „passieren". Das Leben der Deutschen endete ja nicht an den Interessenszonen; Verwandtschaft, Erbschaftsangelegenheiten, schwere Krankheiten, Geburten, Hochzeiten, Freundschaften, Liebe überwanden die seelenlosen, von Wachkommandos und Waffen starrenden Hindernisse.

Aber wer nun in den letzten Jahren kreuz und quer gewandert war, dem konnte des letzte Ziel, das Zuhause, nicht mehr genommen werden, obwohl der Iwan an Elbe und Mulde eine zweite Barriere errichtet hatte.

Pfeifende Gewehrkugeln konnten nicht mehr schrecken, auch nicht gesprengte Brücken und Massen von Sowjetsoldaten. Die hatten ihre eigenen Sorgen, um mit ihren Panjewagen und ihren abgetretenen Leinwandstiefeln, schweren umgehängten Decken in langen Kolonnen Schritt zu halten.

Sowjetische Soldaten hatten ihn schon öfter auf dem Kieker! Warum hatte es ihn hierher in den Osten gezogen? Seine erste Begegnung mit den brüllenden Urlauten waren eine Ohrerinnerung.

„Idi ßuda!" „Kommandant skasal..!" „Ya pju Tschei Malochom sacharrom..!" „Skajidsche minje, quda idiot eto Tramway?" „Dawei, dawei!!" Immer wieder wurde er in dieser Weise angebellt. Mehr als einmal war er nahe dran, von den Sowjetmenschen eingesperrt zu werden. Einen „Massel" hatte er, daß er selbst staunte!

Später schauderte es ihn manchmal, meist vorm Einschlafen, und er erlebte manche Szene x-mal; dann im Traum immer wieder. Diese unberechenbare Sieger; besoffen, waren sie wie kleine Kinder, Annäherung, ja Liebe und Freundschaft suchend; dann wieder zuschlagend wie Meisterboxer und fluchend; „Ibid feu Mat", naturgewaltig – unbeherrscht, „Stotta koi?" „Katorroi tschaß." „Tschaß Moment". Russisch – Lektion in der polternden Art wütender Wachhunde.

Federer fuhr im Zug mit zwei reizenden Mädchen von Bad Hersfeld in Richtung Heimboldshausen. Der Grenzschutz war mit im Abteil und kannte seine „Pappenheimer" schon. In abgehalfterter Uniform, aber durchaus als „Ehemalige" erkennbar, war ihr Ziel, die Grenze zu überschreiten; die zwei Mädchen wollten sie nicht rüberlassen! Für seine beiden Freundinnen konnte er Absolution erwirken.

Es dämmerte schon, die Umrisse der unbekannten Landschaft verschwanden und auch beide Begleiterinnen waren vor Angst mit einem Male aus dem Blickfeld entschwunden.

Aber er mußte weiter. Der Fußmarsch zog sich hin, und immer mehr Gestalten mit Rucksäcken und Packtaschen gingen den gleichen Weg, nichts ahnend, plötzlich vor grenzähnlichen Pfosten Halt machend. Federer in seiner Uniform hatte mit einem Mal die Führungsrolle. „Wir können nur hintereinander gehen, so kann man von vorne, d.h. von Osten nicht sehen, wie viele wir sind." „Einverstanden?" „Jaaah", raunte es zurück.

Der Mond ging so stille durch die Abendwolken hin. „Immer wenn er aus dem Dunkeln hervorkommt müssen wir uns sofort hinlegen, ist das allen klar? Entweder kommen wir alle durch oder keiner. Hals- und Beinbruch, Männer!!"

Die kleine Ulster wurde überquert, jetzt gab's kein Zurück mehr, Thüringen war zu ihren Füßen, wenn auch nur erst die Grenzlandschaft. Die Lichter von Vacha blitzten herüber zum Greifen nahe.

Geschafft, die Schritte verhallten, jeder war wieder sich selbst überlassen: Die einen nach Bad Salzungen, andere nach oder in Richtung Eisenach. Macht's gut, denn in Deutschland herrschen andere, noch gefährlicher als die Vorgänger....

Es war wahr. Er stand vor dem Haus seiner Eltern, alles „Reisen" schien nun zu Ende. Die gebeugte liebe Mutter schloß ihn in ihre Arme!

Übergangszeit

Der Krieg hatte alles zerstört oder völlig umgekrempelt. Der Hunger höhlte die Menschen aus, ließ sie seelisch umfallen. Die einen in die Verzweiflung, andere standen auf, pochten auf ihre antifaschistischen Heldentaten, hatten jetzt das Sagen. Magnan war wieder obenauf. Sein Doppelagententum hatte nur Gemeinheiten erzeugt. Federers Vater war durch ihn vor die Gestapo „geladen" worden und Federer selbst, bis zum Ende dem Sieg ergeben, in seiner heimatlichen Umgebung als Nazi angeschwärzt, da er auf Urlaub von der Flak und vom Arbeitsdienst die obligate Hakenkreuzbinde trug, also für alle sichtbar Parteigänger sein mußte.

Die östliche Siegermacht hatte die Denunziation, die Intrige, das Spiel mit dem Schmerz, das Quälen, das Umwandeln Unschuldiger in Verbrecher, die Gehirnwäsche zur Geständniserzwingung, die Deportation, die Konzentrationslager zur täglichen Routine gemacht: Die Sozialisten – Kommunisten waren ja der neue Typus Mensch, der der Menschheit das Heil bringen wollte!!!
Und sie fand diese schleimigen Helfer, die gierig aufs Quälen waren, inmitten der Deutschen, die sich Kommunisten nannten. Sie stellten die Listen auf, zogen sich an der Zahl der Verdammten hoch und organisierten im Auftrag der Sowjets die Elendsmärsche der ehemaligen PGs nach

Klingenberg, nach Rüdersdorf, in die Seddingruben, zum Trümmerschippen...

Noch gar nicht lange her, da geschah solches unter umgekehrten Vorzeichen. Wie ähnelten sich Sozialisten / Kommunisten und Nationalsozialisten!!!

Federer erinnerte sich an die Russen, Männer, Frauen mit ihren Kleinkindern, auf den Rücken gebunden, um die Hände frei zuhaben – die nach Bombenangriffen Gleisbauarbeiten schwerster Art verrichten mußten. Schrien die Kleinkinder, wurden sie auf den Schotter gelegt und beruhigten sich dort von alleine? (?)

Die Schufterei mit der Schotterpicke, mit den Gleisträgergreifern ist selbst gesunden, gut ernährten Arbeitern eine Kräftezehrende Anstrengung sondergleichen. Die ausgemergelten Fremdarbeiter zitterten mit Armen und Händen und konnten sich kaum auf den Beinen halten. Die Arbeitsdienstabteilung, die mit den Arbeiten begonnen hatte, wurde zurückgezogen, da ja genug andere zur Verrichtung der Schwerstarbeit vorhanden waren.

Und nun schlurften 1000 der krummen Gestalten, die Frankfurter Allee Richtung Osten. Bei weitem nicht alle PGs, aber alle denunziert aus Rache und niederen Instinkten.

Magnan hatte seine Hände im Spiel. Sein ihm anscheinend angeborenes Ränkeschmieden versetzte ihn in einen Rausch der Erfüllung gemeiner Triebe.

Federers Vater konnte wohl rechtzeitig in der Tschechei (eben hieß es noch „Protektorat Böhmen und Mähren") der Gefangennahme und dem eventuellen Tode entwischen. Wie er das angestellt hatte? Ein starkes Stück war das ja! Heidrich war am hellichten Tag ermordet worden, und alle Deutschen wurden als ihm ebenbürtig an Gemeinheit, Mordsüchtig, Erpressung, Quälerei in Gestapokellern und Konzentrationslagern angesehen!
Er war also entkommen! Auf welchem Wege er nun die Nachricht, er sei in Wernigerode „gelandet", zur Mutter und zu Federer und ziemlich schnell übermitteln konnte, lag wohl an seinem Charm gegenüber Frauen.

Aber auch Magnan wußte davon, und es gelang ihm, Federers Vater zu denunzieren, er habe einen Offiziersrang im Kriege erworben und die Reserven der Tschechei für die Luftwaffe mobil gemacht. Offene Ohren bei den „Kommunisten" der Stadt und ihrer Verwaltung, und die Parolen für Wachsamkeit im grenznahen Gebiet konnten nicht zum dortigen Verbleiben raten lassen.

Er flüchtete nach Westberlin und entging so sattsam bekannten sowjetischen Methoden durch Verhöre und Quälereien. NSDAP und Hitlerglaube hatten ihm nichts Gutes mehr bringen können. Er hatte großes Glück gehabt, sein Leben retten zu können.

Ja, aber Federers Zukunft lag in der sowjetischen besetzten Zone, da wo die Deutschen die Reparationslast trugen und mit einer Kohlrübe und einer Scheibe trocken Brot ihre müden Körper dahinschleppten. Alles, was nicht niet- und nagelfest war, ging den Weg nach dem Osten, von wo die entlassenen Kriegsgefangenen als ihr eigener strichförmiger Schatten, in Lumpen gehüllt, nach Deutschland zurück kamen.

Bedinungslose Kapitulation war das Synonym für alle Drangsal und Willkür.

Um alle, aber auch alle Deutschen zu erfassen, hatte der sowjetische Stadtkommandant von Berlin angeordnet, daß alle über die „Grüne Grenze" Gekommenen sich registrieren lassen mußten.

Kommunistische Gruppen wurden unter den Deutschen zusammengestellt, um nach der Registrierung mit Namen, Vornamen, Geburtsdatum und Geburtsort, Wohnadresse und Abgangsort aus den Westgebieten, bestimmte Leute unter die Lupe zu nehmen. Denunzianten meldeten diesen Gruppen alles „Erwähnenswerte". Die größten Schufte im ganzen Land waren als Denunzianten eifrig geifernd tätig.

Es wurden Listen der ehemaligen Parteigenossen zusammengestellt, weitere nach englischer, amerikanischer und französischer Kriegsgefangenschaft. Die im Ausland Geborenen waren von den „grünen Grenzgängern" ebenfalls von Interesse.

Die PG waren die ersten, die nach den Elendsmärschen nach Klingenberg zum Kohlenschippen verschwanden. In den Hallen des Güterbahnhofs Hohenschönhausen wurden Tausende zusammengepfercht und dann nach Oranienburg ins ehemalige KZ Sachsenhausen „verlegt". Ihre Zahl war bereits dezimiert. Das ehemalige KZ Buchenwald wurde auch voll „ausgenutzt"...

Firlus und Skudlarek ausm Haus hatten Federer in der Esmarchstraße Ecke Lippehuer als PG gemeldet.

Ein Stück des Schweigemarsches durch die Frankfurter Allee hatte er noch mitgemacht und war an der Kreuzung U – Bahnhof Frankfurter Allee ganz plötzlich verschwunden.

Und am nächsten Tag machte er mit aller Kraft und Lautstärke den Listenführern, diesen miesen Figuren klar, daß er gar nicht PG hätte werden können. Er war Anfang 45 erst siebzehn Jahre alt, war im Militäreinsatz irgendwo und hätte, selbst wenn er gewollt hätte, niemanden mehr gefunden, der einen Aufnahmeantrag gehabt hätte! Auch die drei Zeugen hätten sich aus den Kameraden zusammensetzen müssen. Dafür wäre niemand mehr zu finden gewesen. Der Krieg war verloren – wer wußte das nicht.

Und er hieb auf den Tisch und verlangte, sofort aus der Liste gestrichen zu werden! Der Schmierfink gehorchte und machte die Angaben unleserlich wie verlangt.

„Ich schlage die ganze Bude in Klump, das verspreche ich Euch, Ihr Schreistubenhengste!!!"

„Is ja guut, is ja guut, Junge!"

Das war noch mal hart am Abgrund vorbeigegangen.

Irgendwo war aber sein Name für die Zukunft festgehalten worden, das ahnte er. Die vergaßen so leicht nichts!!

„Wie wir heute arbeiten (zu Boden kriechen), so werden wir morgen leben (immer die Faust im Nacken)!"

Eines Tages ballerte es gegen die Wohnungstür. Ein Sowjetsoldat und ein Zivilist standen im Türraum. Aufgepflanztes Bajonett „Wohnungskontrolle, wer wohnt hier?" „Mein Sohn und ich". Der Frager schob Federers Mutter beiseite und ging durch die Wohnung, schaute unter Betten und Tische, gefolgt von dem leicht errötenden Sowjetmenschen. Der guckte sich verlegen um; es schien ihm peinlich zu sein, daß er mit seinen Stiefeln über die Teppiche latschte.

Zu mir: „Ihre Ausweispapiere!" Durchblättern von Impfscheinen und anderen Dokumenten. „Sie besorgen sich einen gültigen Ausweis mit Lichtbild." Mutter hatte ihre Kennkarte, allerdings noch mit hakenkreuzgeschmücktem Reichsadler; der war dennoch uninteressant, da ein Auftrag wohl auf Federer gezielt hatte.

Federer achtete nicht darauf, ob die beiden noch andere im Haus aufsuchten.

Einige Zeit später wurde Federer zusammenge-schlagen, aber knock out ging er nicht, wohl aber hatte er Schiß, in die nächste NKWD – Stelle zu kommen und damit zu verschwinden. Genug von niemals Wiedergesehenen hatte man nach der glorreichen Befreiung gehört, da die Sowjet-mühlen die Gottes ersetzt hatten und gar nicht langsam mahlten.

Im Winter 46/47 starben die Schwachgewordenen, die Alten und Kleinkinder. 45/46 hatten viele noch Vorräte aus den Lagern der Wehrmacht und anderer Organisationen. Die Lebensmittelkarten boten nicht einmal hungerdämpfende Rationen. Die Arbeiterkarten (mit den höchsten Mengen an Lebensmitteln) wurden an Stückzahlen drastisch reduziert, die Hoffnung auf eine Besserung der Lebensbedingungen noch mehr.

In dieser „Ära" fuhr Federer öfter nach Pasewalk, und von da lief er 8 Km nach Bröllin, wo er Kartoffeln, Mehl oder ranzige Butter eintauschte. Der Weg zurück eine Schinderei, die Bahnpolizei eine seelisch – körperliche Qual!

Die „Reisenden" waren Freiwild.

Sein jugendlicher Körper verkraftete die Strapazen. Mutter und Schwester sollten nicht nur hungern, sondern auch einmal eine satte Mahlzeit zu sich nehmen.

Die Jugend kam dennoch nicht zu kurz. Die Mädchen waren die schöne Seite des Lebens und nicht wegzudenken. Gedanken an frühes Binden kamen dennoch kaum auf. Das Beispiel der geschiedenen Eltern Federers war nachhaltig genug, kein Wagnis einzugehen. Mit vielen Dingen aber wurde er nicht „so einfach" fertig, dazu gab es genug Probleme des Alltags, die nicht immer zu lösen waren. Der Handel mit Tabak und sein Eintausch in Zigaretten erforderten oft Mut und Ausdauer; daß daneben ein kleiner Handel mit Waren lief, ergab sich aus der geldlichen Notlage.

Seine Mutter war Trümmerfrau, dann Akkordnäherin von Hausschuhen, auch Stricken für Geld war nichts Außergewöhnliches.

Insgesamt eine Zeit der Buße für das Großdeutsche Imponiergehabe, der logische Schluß einer „da oben" geführte Anmaßung gegenüber der Welt. Dezimiert auf das Notwendigste, mußte das Leben weitergehen. Sein Bruder kam nie wieder, sein Vater war für immer entschwunden.

Berlin, war Jahr um Jahr ein Trümmerhaufen. Die Kopfbahnhöfe Görlitzer, Anhalter, Potsdamer, Stettiner bestanden nur noch aus ihren einsmals als Denkmäler des industriellen Zeitalters Ende des 19. Jahrunderts entstandenen Fassaden, z.T. bombastisch, zum Teil Grau in Grau mit der Umgebung.

Nur wenige Züge fuhren ab aus den kaum noch überdachten Hallen, überladen und altersschwach, aus irgendwelchen Abstellwinkeln wieder hervorgeholt, Unikume einstmaliger Thypenentwicklungen. Die abgenutzten Loks, von den Sowjets gnädigst der >Deutschen Reichsbahn< übriggelassen, hatten notdürftig geflickte Leitungen, rostige Kessel, und entstammten Baureihen, die längst vergessen waren.

Die Lokführer fuhren mit ein paar Mohrüben als Tagesverpflegung und Muckefuck in den abgeschlagenen Emaillekannen auf den eingleisigen Schienenwegen. Bahnpolizei war überreichlich besetzt, um den Hamsterern das letzte Pfund Kartoffeln oder ein paar Maiskolben abzujagen.

Auf den Dächern, den Trittbrettern, den Klos der Wagen saßen oder klammerten sich die „Reisenden" in Sachen Hungersnot.

Reisebescheinigungen mußten für den Fahrkartenerwerb vorgelegt werden, echte und Gefälschte, aus zwingenden Gründen oder erfundenen Aufträgen erstellt. Amtsstempel waren die rechtlichen Attribute für eine Fahrt vom Lande und von diesem Zielpunkt zurück.

Jeder hatte eine sichere Quelle irgendwo nahe bei einer Bahnstation. Karawanen durchzogen die nähere und weitere Umgebung von Berlin nach Paulinaue oder Pasewalk, Herzsprung oder Angermünde, Tabakland oder Kartoffelgegend, Kohlfelder oder Federviehhöfe. Die „Quellenbesitzer" ließen sich's gut bezahlen: Tafelsilber, Schmuck, Teppiche, Mäntel, Schuhe, Kinderbekleidung oder Gardinen – unergründlich die Erfindungs – und Forderungssucht auf beiden Seiten.

Alle Strapazen auf der Fahrt, auf den Wanderungen zu den Nahrungsbesitzern wurden geduldig ertragen – es gab ja keine andere Lösung.

Dennoch saßen Leute an der Quelle, im Fett schwimmend und mit Schmuck behängt in der Stadt; denn die Besatzungsmächte suchten eiserne Kreuze als Souvenirs, Meißner Porzellan oder eben ein Lokal, in dem Mädchen zu haben waren, Uhren, Ringe. Halsketten wurden auch hier für einen Donat oder eine Tafel Schokolade oder für den Eintritt gegeben, und Zigaretten waren das gängige Zahlungsmittel: Camel, Lucky strike, Pall Mall, viele Sorten mit dem Geschmack „AmericanBlend" oder der leichten türkischen Note.

Diese Spielart zur Überdeckung der Not konnte nicht darüber hinwegtäuschen, daß die Menschen Hungerlinien in ihren Gesichtern aufwiesen und und ihre Kleidung bald dem Gebot „aus zwei mach eins" stattgab.

Die Hoffnungslosigkeit war ein steter Begleiter aller Schichten. Einzig die bei den Besatzungsmächten angestellten hatten meist satt zu essen, wenn es auch Dienststellen gab, die Kekse wegwarfen mit Chlorkalk überschütteten oder verbrannten. Bestraft wurden damit die, die Rache nicht verdienten: Die Zivilisten der Heimat.

Die abgeänderten Uniformen, eingefärbt und mit zivilen Knöpfen versehen, prägten das Bild. Ein Rucksack war notwendiges Übel, wo man hinguckte; denn es war immer eine Gelegenheit im Auge, sei es auch nur ein Stück Holz oder eine Preßkohle – beim Abladen hinter die Bordsteinkante gefallen.

Auf Balkons wurden Tomaten gezogen, oder es wurde Tabak nach allen Regeln der Kunst gepflegt. Hühner wurden in Wohnzimmern gehalten, Kaninchen auf den inneren Fensterbrettern. Am Halsband wurde manches Federvieh zum Scharren in Parkanlagen spazieren geführt.

Häuser die stückweise zusammengebrochen waren, gaben ihr Inneres preis, z. T. bildeten Dielenbretter Schutz vorm Herunterfallen. Ofenrohre lugten aus den abgedichteten Fenstern, wenn die Küche nicht mehr vorhanden war, und auf einem Öfchen die erbärmliche Suppe gekocht wurde und der Rauch abzog.

Iwans trieben manchmal Schweine – oder Schafsherden durch die Stadt, von Augen verfolgt, in denen die Erinnerung an einen Braten loderte. Hunger ist ein schmerzender Zustand, der wahlweise Apathie oder die unsinnigsten Essenbeschaffungsmethoden vorgaukelte.

Hunger, Hunger, Hunger; Mütter hatten keine Milch und fütterten die Säuglinge mit erbettelte Graupensuppe aus Besatzerküchen. Um Berlin herum lagen sowjetische Soldaten in Wagen-burgen, um das Ausplündern der Felder zu verhindern.

Karlshorst wurde in wenigen Stunden geräumt, um den Sowjettruppen Quartiere und ein Kommandogebiet zu geben. Die sozialistischen Menschen hatten alle Prinzipien vergessen. Was nicht niet - und nagelfest war ging gen Osten, alles war brauchbar in ihrer noch elender aussehenden Heimat, über die der Krieg zwei – ja sogar manchmal dreimal hinweggezogen war. Dafür hatten sich die Sowjets Ostpreußen eingesackt und die Deutschen vertrieben, von den Polen 1919/20 annektierte Teile Weißrußlands und der Ukraine zurückgeholt, dafür diesen alles deutsche Land östlich der Oder und Neiße und auf dem Ostzipfel Usedoms gegeben und ausgeraubt, was das Zeug hielt.

Die Charta der Vereinten Nationen war ihnen „Wurscht", Menschenrechte sowieso, obwohl sie ja den neuen Typus Mensch, den Sozialisten verkörperten! Stalin schaltete und waltete wie er es den Imperialisten in seinen „ach so genialen" Werken vorgeworfen hatte.

Genial waren die an allen Straßenecken altarähnlichen Postamente, mit roten Fähnchen geschmückt und die den Text: „Die Hitler kommen und gehen, aber das deutsche Volk bleibt bestehen..." trugen. Alles Phrasen! Seine Mannen lochten alle unbequemen oder auch nur zu verdächtigenden Deutschen ein und benutzten dazu die Hitler – KZ – wahre sozialistische Taten! Der Besiegte mußte im Dreck kriechen. Amis, Engländer und Franzosen zeigten ihr volles Verständnis, bis sie sahen, was der Sowjetimperialismus in den Ostländern praktizierte.

Trotz alliierter Tageszeitungen, in denen davon nichts zu lesen war, trotz der „Täglichen Rundschau" der Iwans wußten die Menschen, daß zur Hungerbürde auch die Entrechtung tagtäglich dazugehörte. In den grauen Wintertagen drückte das kalte, entbehrungsreiche Leben noch mehr auf die Menschen.

Bei der Beschaffung von Lebensmitteln vom Lande wurde Federer zwei Tage, ohne was zu Essen bekommen zu haben, in sowjetischen Gewahrsam genommen. Wieder spielten die Personalien eine gewichtige Rolle. Routine?

Magnan, vielleicht sogar „Wiede"?

Da sich eine deutsche Republik von Sowjetgnaden abzeichnete, schien jeder Abschied von sowjetischen „Gebräuchen" nach St. Nimmerlein verschoben.

Der deutsche Staatssicherheitsdienst aus den viele Erfahrungen der Nachkriegszeiten entwickelt, trat auf den Plan. Hier „bewährten" sich die Getreuen, zu neuen höheren Aufgaben befähigt.

Einmal in solch einem Bütteldienst geübt, mit Privilegien durch die „Staatsmacht" versehen, kann man sich sogar in seiner Haut wohlfühlen und hat obendrein das stolze Gefühl eines kommunistischen Kämpfers: Die Partei, die Partei, die hat immer recht...

In den gerade erst bezogenen Räumen der von den Sowjets freigegebenen Gebäude, wurden die Aufgaben festgelegt, die Geheimdienstmethoden und ihre Organisation, ihre Abwehr gegen den Klassenfeind und das Zusammenschmieden ihrer Kader geübt und zur Perfektion gebracht.

„Wiede" von Hause aus ja ein Antifaschist, gehörte bald zu den „Mannen der ersten Stunde".

Zumindest in der viergeteilten Stadt war ein weites Feld der Übung vorhanden. Selbst die westlichen

Alliierten wurden bespitzelt. Mitarbeiter dort gewonnen; ein feines Netz von Fixpunkten sicherte
Anläufe und diente der Sache des Sozialismus.
Aus den westlichen Sektoren wurden immer
wieder „Gegner" entführt und den Sowjets
übergeben.
Welche Angst eigentlich hinter der Tätigkeit unter
der Oberfläche steckte, war für Normalbürger
unergründbar. Aber seit Lenin war Kontrolle
besser als Vertrauen (harmlos ausgedrückt).
Die Iwans brauchten Fachleute aller Art, ihre
Fähigkeit nachzubauen, statt selbst zu entwickeln,
benötigte alle Methoden von Konspiration,
Erpressung, Verächtlichmachung, Bestechung
und Gewalt.

Bisher hatte Federer mit seiner Mutter noch
einiges zu brechen und zu beißen. Es hieß nun,
von den Hungerrationen auf Normalkarte zu leben. Er begann als Ungelernter allerlei Aufräum-
ungsarbeiten, Transporte als Mitfahrer, Gelegen-
heitsjobs zu tätigen. Hunger, Hunger, Hunger trotz
der Karte 1. Tagesmärsche nach Schönerlinde,
um Kartoffeläcker aufzusuchen, immer mit dem
Hintergedanken, hoffentlich komme ich gut wieder
nach Hause; denn Sowjettruppen lagen mit ihren
Panjewagen – Burgen auf den Rieselfeldern und
sperrten die Zugangslandstraßen nach Berlin. Die
Kraftfahrer kannten immer Schliche; denn es gab
unbewachte kurvenreiche Wege dicht am Wach-
posten vorbei. Den paar Muschiks an einem
unbedeutenden Punkt fiel's zwar auf, aber ihnen

war's doch auch egal, solange kein Vorgesetzter dazukam.

Einmal kam er knapp davon, da ein Landaufseher (er hatte Zivilkleidung an, sprach aber russisch mit den Fängern) gute Worte für ihn einlegte. Ein bißchen „Schwein" muß man auch mal haben!

Ansonsten waren seine Erfahrungen in der Grundtendenz schlecht.

Mit leeren Magen lernen? Es mußte sein. Wenigstens das Abitur nachholen, das ihm das 3. Reich durch den Reifevermerk ersetzt hatte. Er kämpfte fast drei Jahre dafür.

Dann konnte er sich als Lehramtsbewerber an ein Schulamt wenden. Und mitten in dieser Zeit fiel die Gründung einer kommunistischen Deutschen Republik.

Er setzte sich in manches Fettnäpfchen und wäre „geflogen", hätte er nicht eine Fürsprecherin gefunden. Man muß auch manchmal mehr „Schwein" haben!

Er blieb im Schuldienst, obwohl er nicht zu Kreuze kroch; ganz im Gegenteil, er vertrat seine Meinung öfter als notwendig. Seine Kleidung war westlich und unter den klugen Berliner Jören genoß er einen guten Ruf. Die Jungs und die Mädchen hatten einen Riecher für das Echte; die Sprache der Republik – Machthaber „stank" zum Himmel. Eine Rede konnte noch so „demokratisch" beginnen, im Laufe der Ansprache verriet sich der Vortragende durch Rückfall in seinen Dialekt oder durch die Wahl der Worte.

Wer von einem „einheitlichen, friedliebenden, demokratischen Deutschland" sprach, hatte schon in der Reihenfolge und in der hundertmaligen Wiederholung (aus Zeitungen, Propagandaschriften, Transparenten an Gebäuden von Partei und Regierung) seinen Absender verraten. Das Volk ist nicht so blöd, wie man allgemein (in Parteikreisen!) annimmt. Allerdings krochen viele um der angebotenen Privilegien willen auf den Leim! „Pajok" – Pakete machten den Anfang, Vergünstigungen aller Art folgten, und dann konnte man einfach nicht mehr abspringen. Einem geschenkten Gaul schaut man nicht ins Maul; die „schlechten Zähne" der Kommunisten sahen daher die meisten der Opportunisten nicht, und den Mundgeruch rochen sie nicht oder zu spät.

Federer schrieb zur 1. Lehrerprüfung seine Klausur, hielt nicht hinterm Berg, wollte eigentlich ehrlich Kritik üben und „fiel auf die Nase". Da er ein guter Kollege war, wollte und konnte man nicht auf ihn verzichten. Eine Führsprecherin tat sich groß darin, das Schicksal gewendet zu haben. Selbst Genossin, wußte sie, daß sie kein Risiko einging.

Es gab viele Propagandaveranstaltungen unter den verschiedensten, harmlos klingenden Namen.

Bei einer Diskussion – warum ließ er sich eigentlich auf sie ein??- wurde er verhaftet (Verzeihung: sistiert), ausgequetscht, und obwohl er seine Worte wiederholte, die ihm zum Schaden gedient hatten, ließ man ihn laufen.

Inzwischen hatte ein Spitzbart als einen weiteren Höhepunkt seiner langen Rede vom „Überholen ohne einzuholen" gesprochen. Der Spott kannte keine Grenzen wohl aber die Phrase und Lüge in diesem Statement; Es mußte eine Mauer gebaut werden, um den Fortschritt von woanders nicht sichtbar zu machen.

Gefühle der Menschen, Liebe, verwandschaftliche Bindungen, Sehnsucht, Trauer spielten keine Rolle.

Es war der Anfang vom Untergang, Schritt für Schritt; Jahr für Jahr ging's bergab, obwohl man Rentner rüberschickte, Neuheiten mitzubringen.

Das Nachbauen war auch charakteristisch für diesen neuen deutschen Ablegerstaat. Das >know how< spielte eine große Rolle.

Hätte man die kreativen Kräfte frei wirken lassen, ohne nach dem Parteibuch zu fragen, die Menschen hätten aufgeatmet. Der politische Druck wuchs von Monat zu Monat, und der „Mut", die Leute reisen zu lassen, wohin immer sie wollten, hätte als einfaches Ventil vorzüglich gewirkt.

Federers Vater in Westberlin war der ständige Anstoß, die Familie, Mutter, Schwester und ihn im Osten zu überwachen unter den fadenscheinigsten Ausreden. Man wollte Federer sogar seiner argentinischen Papiere berauben. „Wiedes" Truppe war aktiv, das diente aber nicht dem Ansehen der „Demokratischen Republik". Es beschleunigte ihr Ende.

Federer mußte „Federn lassen." Einmal erwischt es jeden! Mit dem Vorwurf der

„Staatsverleumdung" wurde er eingesperrt, fristlos aus dem Schuldienst entlassen und stand dann vor dem Nichts. Seine Post wurde kontrolliert und seine „zum Schaden der DDR" (Deutsche Demokratische Republik) dienenden Inhalte trieben ihn in die Fänge der Staatssicherheits- dienstes, d. h. in das „betriebseigene" Gefängnis in Hohenschönhausen, wo einst die PG zum Sterben verurteilt waren. „Wiedes" Truppe hatte nicht nur die Unterstützung des Ehrenmitgliedes Magnan sondern auch einen informellen Mitarbeiter „Helmut Franke" aus dem engsten Kreis der Familie gewonnen.

Wer nicht ohne Denunzianten auskommt, gibt sich selbst zu erkennen: Wer im Dreck watet, hat keine sauberen Schuhe. Es gibt gar nicht soviel Wasser, sie zu reinigen.-

Das offizielle Geschwafel brauchte nicht näher erläutert zu werden. Die Leute hatten sich mehr oder weniger daran gewöhnt. Auch daß durch die Mauer ein Krieg verhindert worden war, hörte man sich kommentarlos an genauso wie vor zig Jahren die Mär von den abgeworfenen Colorados sprich: Kartoffelkäfern.

Das tägliche Leben hatte viele Faszetten mit oder ohne Kenntnis der Oberen. Keiner machte sich seit langen noch etwas vor. Der Alkoholkonsum war hoch, um im privaten Kreis abzuschalten. In den Betrieben floß das hochprozentige „Naß" auch reichlich!

Abschütteln ging aber nicht immer. Der Haß auf das verlogene System fraß sich fest. Die alten Männer in der Regierung verkrochen sich vor der Wirklichkeit und ließen das Ministerium für Staatssicherheit walten. Niemandem ging es so gut wie den Bütteln, die sich diensteifrig die Lefzen leckten.

An den Zahlen derjenigen, die sich nicht zurückhielten, maßen sie ihre Argumente. Angst und Wut waren ihre Triebkraft.

Der real existierende Sozialistenstaat mischte sich in alle Bereiche des Lebens ein, aus Gründen der Angst, eines Tages könnten es die Menschen satt haben, sandte er seine Staatssicherheitsdienstleute bis in die untersten „Ebenen".

Aber auch Parteien wie die SED und die Blockvereinigungen, die Einheitsgewerkschaft FDGB, der Anglerverband, die organisierten Sportvereine, die FDJ und ihre Anhangsorgane >Junge Pioniere<, die Schulen, Universitäten und Hochschulen aller Art, die „Volkspolizei" über die Abschnittsbevollmächtigten, die Parteiorganisationen mit ihren Sekretären, alle Kreis- und Bezirksleitungen der Sozialistischen Einheitspartei überwachten die möglichen Nischen und Büros, Ecken und Gaststätten, Theater und Klubs – eben alles!

Dennoch haben diese alle es nicht geschafft, die Menschen gleichzuschalten.

Beruflich sollte Federer vom Hilfsarbeiter bis zum Abteilungsleiter dreißig Jahre lang im Handel tätig sein. War er zuerst in einem kleinen Trupp beschäftigt, so war am Ende dieser Zeit ganz Berlin (d. h. natürlich Ostberlin) das Feld seiner Arbeit und damit eine große Institution mit vielen Mitarbeitern.

Er konnte sich „verheizt" fühlen, und das Klima zwischen den „Kollegen" war gekennzeichnet durch ein „Anscheißertum", durch Besserwisserei und auch Gemeinheit; denn viele waren ins Gesicht freundlich und hinter dem Rücken krochen sie dem Chef hinten rein. Die Schlausten waren diejenigen, die „vom Lande kamen". Denn alles strebte nach Berlin, ihr „Kuhdorf" bot ihnen nicht genug; außerdem waren sie politisch zuverlässiger, dafür wohnten sie auch besser als die Berliner und gehörten zu den Privilegierten von Partei und Regierung. Meist verriet sie ihr Dialekt.

Da der Handel im Stadtbild das Aushängeschild für den real existierenden Sozialismus war, wurden die Mitarbeiter ausgenutzt bis aufs letzte. Die Mangelwirtschaft zu verdunkeln, war das A und O. Einen Angebotsmarkt gab es nicht, die Nachfrage war weit größer als die Warendecke; auch das zerrte an den Nerven Federers immer wieder. Eine schlimme Zeit!

Der Chef war sehr für Zuträgereien und Schmeichelei. Er selbst wurde „Genosse", um höher zu steigen. Er benutzte manche Finte, um sich persönlich zu bereichern, und um sich herum hatte er, wie er sie gerade brauchte, eine Garde Bevorzugter.

Federer mußte ihn manchmal, aber immer zur Urlaubszeit in dem Kreis der Leiter vertreten. Da war ihm das System „vertraut", mit dem nach Bedarf „zusammengeschissen" und gelobhudelt wurde. Die Partei war dabei immer der Gradmesser und die „führende Rolle". Heute war dies und jenes oberstes Gebot, morgen das Gegenteil. Im „Parteiorgan" >Neues Deutschland< war morgens die Richtschnur des Handelns zu lesen, daher auch die erste Lektüre. Parteikonferenzen und Parteitage waren die großen „Lichtmasten" zwischendurch.

So grub sich der ganze „Laden" sein eigenes Grab. Die schlimmsten Bonzen waren die ersten „Wendehälse" beim Zusammenbruch des tönernen Kolosses.

Zäh wie Brei ist die Luft.
Immer größer wird die Kluft
Zwischen denen da oben
Und uns hier auf dem Boden.

Lästig sitzen sie im Nacken.
Wir müssen sie im Sitzen packen,
denn von alleine werden sie nicht gehen.
Endlich wollen wir die Freiheit sehn.

Frischer Wind weht durch das Land.
Zerrissen ist das Würgeband
der Henker ganz da oben;
Weite Schritte wolln wir proben.

Federer hatte wie die Mehrheit unter dieser Oberfläche ihre ureigensten Möglichkeiten, ihre Interessen, ihre Freundschafts- und Liebesbeziehungen, ihre Hobbies, Neigungen und Fähigkeiten zu entfalten bzw. ihnen nachzugehen. Aber das drang nicht über die Oberfläche hinaus. Viele außerhalb der DDR konnten sich nicht vorstellen, wie man dort leben kann! Viele flohen auch oder reisten nach komplizierten Formalitäten aus.

Federer war der festen Überzeugung, die Machthaber zu überleben! Einmal war er nicht gefragt worden, ob er in diesem „Staat" hatte leben wollen, zum Zweiten fühlte er sich dadurch auch in keiner Weise verpflichtet und gebunden. Allerdings hatte er auch den Zeitpunkt, wegzugehen, verpaßt. Diese „Kommunisten" konnte man ja in der Westhälfte Deutschlands überleben, es gab für ihn kein geteiltes Deutschland. Eine Nation läßt sich nicht mit der politischen Schere zerschneiden.
Nur die seelische Drangsalierung ließ sehr oft das Blut überkochen. Das beste Mittel waren Aufgaben, die er sich stellte, und das Quentchen Glück, das ihn dennoch nicht verließ.

Der Zahn der Zeit

Die Schäden, die Federer in seiner Jugend an seinen Zähnen erlitt, ergaben für später eine ständige „Reparaturarbeit" seiner Ärztin, die ihn über dreißig Jahre lang zu seinem „Zahnwohl" betreute.

Mit dem Verhalten bei Schmerzen, beim „Bohren" und beim Ziehen, angefangen beim „Weißheitszahn", mit dem Zögern bis zur letzten Minute, wenn's überhaupt nicht mehr auszuhalten war, lernte die Ärztin ihn kennen. Und er, der immer angenehm „behandelt" wurde, empfand Sympathie und hatte Vertrauen in ihre ärztliche Kunst.

Lange Jahre hatte ja jeder Schindluder mit seinem Gebiß treiben müssen, denn Zahnhygiene war nicht allerorts möglich. Wer seine Haut des öfteren retten muß, hat für anderes kaum einen Sinn.

Wenn's zu spät ist, merkt man erst, womit der Mensch sich plagen muß. Als Kind hat man sein Milchgebiß weit weniger kompliziert verloren Es war sogar eine Freude, wenn man so tapfer war, einen lockeren Zahn selbst „gezogen" zu haben.

Später geht so ein kostbares Gut Stück für Stück verloren, und da ist der Fachmann – bei Federer in Gestalt seiner Ärztin – ein Weggefährte, der die Probleme mildert, meist sogar löst.

Sein Eheglück, die zwei Mädchen, die schwer erkämpfte Wohnung und seine Tüchtigkeit im Berufsleben – ohne den Privilegierten die Sohlen zu lecken – ließen ihn die Distanz zu den Kriechern und „Genossen" halten, sogar vertiefen!

Trotzdem wollte man ihm immer wieder am Zeuge flicken.
„Wiede" oder Magnan waren mehr oder weniger „gegenwärtig".
Weil irgendjemand gegen die Mauer mit Parolen an Häuserwände und an Flächen geschrieben hatte, mußte Federer Schriftproben abgeben und sich manche Fragereien gefallen lassen. Aber es war ihm nichts anzulasten!
Und nun betrieb er mannigrfache Vorbereitungen zum Bau eines Häuschens. Wieder kam ihm das Glück zustatten, er fand ein leeres Grundstück, pachtete es, und mit lieben Menschen konnte er auch Material besorgen. Eine Baugenehmigung erhielt er, denn so eng und vernetzt arbeiteten die Behörden nun wiederum auch nicht!

Drei Jahre lang schuftete er fast jedes Wochenende in allen einschlägigen Berufsarten: Fundamentbau, Mauersockel für das aufzustellende Fachwerk, Zimmermanns – Abbund, Mauern der teilweise massiven Wände, Tischlerarbeiten beim Einsetzen der Fenster und Türen, Trockenbau beim Dämmen der Fachwerkfelder, Aushub für Wasser -, Elektro - und Gaszuleitungen, Bauen einer Kleinkläranlage, Aufstellen eines langen Jägerzaunes, Pflanzen von Jungkiefern, seinen Lieblingsbäumen, Dachdecken, Schornsteinbau ... Legen von Wegplatten...

Das alles enthob ihn der Möglichkeit, doch zu viele Gedanken für die Sturheitspolitik des „Staates der Sozialisten auf deutschem Boden" zu verschwenden.

Er wurde zwar „angehauen", Mitglied der „Partei der Arbeiterklasse" zu werden, aber ein, zweimal eine konkrete Absage, und dann hatte er Ruhe.

Bei einem Neuererwettbewerb für die Entwicklung von Selbstbedienungsläden gewann er eine Schiffsreise nach Murmansk, die man ihm allerdings wegnehmen wollte. Aber das Reisebüro konnte seine Passage nicht mehr zurücknehmen.

Warnemünde – an Fehmarn vorbei – zwischen den dänischen Inseln durch Kattegatt und Skagerrak und dann entlang an Norwegens Küste. Bergen – Drontheim – Blick in den Narvikfjord – Hammerfest – Nordkap bis zur Halbinsel Kola.

Leider war der Sommer 65 eine trübe, nasse Jahreszeit und Murmansk ein echt sowjetisches Konglomerat von Wollen und Nichtkönnen.

Das DDR – Schiff „Fritz Heckert" beugte sich den Stürmen sehr „unterwürfig" trotz stolzem Diplom.

Ein Mann ging „über Bord", um dem „Sozialismus" zu entrinnen; Bergen mit einem Schönwettertag war zu verlockend!!

Immer wieder verließen Menschen die Republik auch unter Gefahr für ihr Leben.

Federer war nicht frei und auch nicht Willens, seine Familie zu verlassen. Die Liebe zu seinen „drei Mädchen" zählte über alles.

Die liebe Mutter war in ein Feierabendheim gegangen, um unter möglichst Gleichaltrigen zu leben. Die Bedingungen waren gut für die älteren Leute.

Zweibettzimmer, gemeinsame Mahlzeiten zu Uhrzeiten, die eine altersgemäße Tageseinteilung zuließen. Wer es sich zutraute, konnte in Urlaub gehen.

Da Rentner auch in den „Westen" fahren durften, der Staat hatte auf Begehren der Kirchen diese risikofreie Möglichkeit gestattet, waren die alten Leutchen glücklich. Wer nicht zurückkam, war ein Rentenempfänger und Heiminsasse weniger, eine glatte Rechnung!

Von ihrem Rentengeld erhielten sie einen monatlich feststehenden Taschengeldbetrag; von diesem wurde ein Teil in die gemeinsame Kasse für Feiern, Versammlungen, und Kränze für Verstorbene gezahlt.

Die Betreuung durch Schulklassen, Gruppen der Unterhaltungskunst wie Volkstanz und Laienspiele, Akrobaten, Sportgruppen, Besuchen zum Frauentag fand regelmäßig statt.

Federers Mutter wurde in den Heimrat gewählt, um Einnahmen und Ausgaben der Heimkasse zu führen und turnusmäßig abzurechnen.

Die Funktionäre betreuten auch Versammlungen von Partei und Regierung, die immer reich ausgestaltet wurden. Bei kleinen Beträgen für etwas Kaffee oder Kekse hielten sich die Ausgaben in Grenzen. Die Quelle wurde aber immer häufiger und üppiger genutzt, so daß das Kranzgeld nicht mehr reichte, manchmal vorgeschossen werden mußte!

Da verweigerte Federers Mutter die Unterschrift. Immer wieder wurde sie beeinflußt, gegenzuzeichnen; lange Diskussionen wurden mit ihr geführt, sie blieb standhaft!

Mit einem Male fiel sie bei den Genossen in Ungnade; es wurde gegen sie gehetzt und die alte Frau sah sich plötzlich allein im „Getümmel" und begann unter den Sticheleien der Mitinsassen zu leiden. Es wühlte in ihrem Inneren, und ein übers andere Mal erzählte sie von Herzensqualen.
Körperlich griff es sie am meisten an, daß sie für ihr Pflichtgefühl angeprangert wurde. Sie wurde mit einer geistig Geschwächten gemeinsam in ein Zimmer verlegt. Es wurden ihr Unregelmäßigkeiten in der Belegung des Kühlschranks in der Etage vorgeworfen, viele sprachen auch nicht mehr mit ihr. Bei jedem Besuch standen ihr die Tränen nahe, sie nahm körperlich ab, obwohl

Schlanksein bei ihr schon eine Schmeichelei gewesen war.

Geistig trat ab und zu durch diese nervliche Belastung eine steigende Vergeßlichkeit ein. Da nur Trost an Besuchstagen Lichtblicke brachten, wurden Einsamkeit und gemeine Bemerkungen – alte Leute können hart sein wie Kinder – zum Trauma.

Eines Tages lag das schwache Frauchen am Ende des Flurs mit einer dem Tode geweihten, irre Reden haltenden, alten, sehr alten Frau, zusammen.
„Das ist das Sterbezimmer", darf ich ihnen erklären, sagte eine Schwester, die den schweren Dienst mit den alten Menschen mit Alkohol ertrug wie viele ihrer Kolleginnen.
Die meisten Besucher ließen für die Schwestern Geld in eine Kasse fließen, um eine Sonderbehandlung ihrer Angehörigen zu erreichen (glaubten sie), aber auch von zu zahlreichen Besuchen abstand nehmen zu können.

An einem Mittwoch wollte Federer ins Heim, aber es goß in Strömen! Abends kam der Nachbar, der Telefon hatte, und teilte den Tod seines Mütterchens mit. Sie mußte also allein und ohne Beistand sterben.

Durch den Sozialismus sollten die Menschen besser werden, aber es herrschte überall

Gemeinheit, Falschheit und Karrieristentum. Jeder war sich selbst der Nächste, und wenn das nicht reichte, verschrieb man sich dem Stasi oder wurde Zuträger des ABV (Abschnittsbevollmächtigter).
Federer begann, ein Buch zu schreiben. Er nannte es „Jahrgang 27".

Die Kriegserlebnisse, die bedrückende Nachkriegszeit, die Zeit des „Aufbaus des Sozialismus" und die „Blüten", die er trieb, alle Erinnerungen seiner Persönlichkeit, die Zeit seines Gefängnisaufenthalts wegen „Staatsverleumdung" und die Mühle seines Arbeitslebens waren sein Inhalt.

Er schrieb und schrieb und schickte die Folgen seines Romans dem Schulkameraden Gerhard in München, mit dem ihn eine lange Freundschaft (seit der Schule) verband.

Das konnte nicht lange gut gehen, aber aus einer ganz anderen Ecke wurde der Postverkehr mit dem für die DDR nicht schmeichelhaften Inhalt „aufgedeckt".

Aus der Familie kam der Denunziant! Er hatte sich dem Staatssicherheitsdienst der Deutschen Demokratischen Republik verpflichtet und wollte den Sozialismus retten; es war der Schwager Federers, der sein alkoholgeschwächtes Image rehabilitieren wollte.
Knall und Fall folgte die Inhaftierung wegen „Verbrechens gegen die DDR", Mindeststrafe 2

Jahre Haft. Die Stasi – Hochburg Hohenschönhausen, in der schon Tausende seit der „Befreiung" durch die Sowjets qualvolle Zeiten ertragen mußten, lernte auch er kennen. Das vollendete in ihm die abschließende Verurteilung des kommunistischen Regimes(!), dessen allmählicher Untergang augenscheinlich sich vollzog.

Weder seine beiden Töchter noch seine Frau Helga waren „Partei und Regierung" auf den Leim gekrochen, die Ehefrau hatte nämlich die Staatsverleumdung mittragen müssen, da ihr ebenfalls Haft „zuteil" wurde!

Die Jahre bis zur Auflösung des Machtapparates der „deutschen Kommunisten" (sie waren keine, nannten sich aber gerne so, zwar etwas verbrämt, da sie ihr System als den „real existierenden Sozialismus" bezeichneten) waren ziemlich deutlich auszumachen. Immer mehr Menschen stellten Ausreiseanträge, immer offener wurde auch von den Genossen die Wandlung zu „Glasnost" und „Perestroika" in der Sowjetunion bestaunt, und immer offener und umfangreicher wurden die Montagsdemonstrationen sowie die Zahl der in die Botschaften Geflüchteten!

Als nun der Generalsekretär und Vorsitzende des sogenannten „Staatsrates" entmachtet wurde, war's aus mit den Lobeshymnen.

Die Nachfolger waren nur noch Marionetten ihrer selbst, ihr Tun ein provisorisches Gebilde, von Ablösungsabsichten „getragenes" Interims-

„Kollegium". Nichts Ganzes und nichts Halbes mehr...

Das, was sich der Herr Bundeskanzler 1989/90 ohne Eigenlob hoch anrechnen konnte, waren seine Worte und Taten, seine diplomatischen Vorstöße in den USA und in Europa bis zum Ural, die beiden deutschen Staaten zusammenzuführen! Allerdings kam ihm der durch sprachliche Verwirrung des Politbürosprechers Schabowski hervorgerufene Mauerfall zu Hilfe. Und Herr Busch(!) Aus der Formel 2+4=1 konnte ganz unmathematisch ein wiedervereinigtes Deutschland entstehen. Wer von den ehemaligen Siegern von 1945 wollte sich vor den Zeichen der Zeit – den zueinander strömenden Deutschen – als der rachsüchtige Neinsager brandmarken lassen?

Gorbatschow hatte den Acker der Nachkriegszeit tiefgründig gepflügt und den Boden des guten Willens saatreif geeggt. Er wurde umjubelt und eröffnete den Sog, nach 50 Jahren die alten Ressentiments abzulegen.

Der erste Vorschlag des Herrn Kohl, eine deutsche Konförderation mit dem allmählichen Zusammenfinden beider Seiten nach einem 10–Punkte – Plan zu vollziehen, gab dem politischen Boden die Gare. Nach ersten Schrecken säten die Vier den Samen der Zustimmung, der in der politischen Hitze der Tage schnell den Baum der Einheit gedeihen ließ. Erst Wachstum, dann

Entwicklung gegen alle Widerstände, und dann wuchsen die Blätter an einem deutschen Eichenbaum.

Diese biologische Deutung gab Federer dem Geschehen. Er selbst, politisch auf höchsten Blutdruck gebracht, entlud seine Genugtuung an Honeckers Entmachtungstag am 18. Oktober mit Herzinfarkt und einem Reinfarkt. Es hätte auch zu Ende gehen können mit seinem jahrzehntelang gepeinigten Motor. Aber das paßte nicht zu dem, was er sich vorgenommen hatte: die alten Männer, die ihre Ziele lange vergessen hatten, zu überleben!

Die waffenstarrende, mit Bütteln angefüllte „Republik" gab auf, und ihre geistig, seelisch und körperlich eingepferchte Bevölkerung quoll aus der Enge.

Und dann überließ der Kanzler alles dem Zufall.

1990 nach einer Übergangszeit fanden die Deutschen (bis auf die Ewiggestrigen, bis auf die Privilegienjäger [erinnere Dich an die Pajok – Pakete, mit denen es angefangen hatte!], bis auf die Betonköpfe, bis auf die idealistischen Kommunisten) wieder zueinander!
Und es waren keine reibungslosen Jahre, aber keine Jahre der unverminderten Gehirnwäsche!
Wohl aber gab es genug Probleme:

Die aufgescheuchte Marktwirtschaftsmeute übernahm das Regime, links und rechts jede Konkurrenz erdrückend.

Große Sprüche wurden schnell vergessen, die Gestrigen gerecht zu behandeln auch. Herr Blüm hat in zehn Jahren alles vergessen, was er versprochen hatte.

Federer ließ seinen Weg Revue passieren.

Was hatten die Politiker in diesem letzten Jahrhundert des zweiten Jahrtausends erreicht? Zweimal war alles in ein Jammertal versunken. Konventionen einer alten Welt der Könige und Kaiser zerbarsten im Granatenhagel, die nachfolgende Republik ließ sich über den Löffel balbieren, und der große Führer von Volk und Reich mußte feige Selbstmord verüben. Zweimal wurden fast alle Resorcen vernichtet, ein Wunder, daß noch einmal – zum dritten Mal eine Auferstehung möglich war! Jetzt geht's in ein drittes Wagnis, weil einige immernoch meinen, das geschundene Europa könne seinem Schicksal entgehen. Auch der „unpolitische" Weg über das Geld, das sich „Euro" nennt, und das schon inoffiziell unter Wert rangiert, seinen Wert erst einmal zur Bewährung aussetzen müßte, ist ein Hasardeurspiel.

Ausgerechnet die Deutschen haben sich arrangiert aus Eitelkeit und um der vagen Eintragung ins Buch der Geschichte willen. Die Dummen werden wieder einmal die Menschen sein, wenn sie nicht vorher ihr Schicksal selbst in die Hand nehmen! Wie fragte man einst: „Was wird aus dem Krieg, wenn keiner hingeht?" Heute lautet die Frage, „Was wird aus dem Euro, wenn keiner ihn benutzt?" Keiner will ihn haben! Das Kind ist schon schwach geboren worden, das Ableben ist ihm ins Antlitz geschrieben; nur noch ein Mediziner mit allen zur Verfügung stehenden Kenntnissen, Fähigkeiten und Fertigkeiten kann den Tod verhindern!

Und was mich angeht, was drückt mich?, fragt sich Federer.

Federer traf „Wiede" nach Jahren wieder! Was war aus ihm geworden? Redegewandt wie früher, elegant gekleidet, keine Spur von Verlegenheit! Er betrachtete Federer ungeniert und fragte: „Was machst Du denn jetzt? Ich soll Dich schön grüßen vom alten Magnan, der ist jetzt 86 Jahre alt, hat sich gut gehalten, immer „auf Draht" immer aktiv. Er hat eine sehr nette Wohnung und seine Kinder haben ihr Leben gemeistert, es geht ihnen pekuniär gut, nur, daß nun alles anders läuft, macht ihnen zu schaffen. Sie waren ja alle eine Familie, politisch engagiert, haben ihr eigenes Leben ihrer gesellschaftlichen Aufgabe unterstellt!

Er plauderte und plauderte und Federer blickte ihm in die Augen.

Mensch, was war aus dem schneidigen, schlanken Sportler geworden: Ein feister Dickling, dem die Augen zuzuwachsen schienen. Er bemerkte den Blick, aber seine Selbstzufriedenheit löste sich keinen Augenblick. Auch die neue Zeit schien ihm bisher gut bekommen zu sein!

Pause. Er trank genüßlich sein Bier und schien auf etwas zu warten.

„Wie hast Du die Jahre seit der Königstädtischen Oberschule hinter Dich gebracht? Ich war bald nach dem Kriege, d. h. von der ersten Stunde an im Staatsdienst. Die letzten Jahre im Bezirkswirtschaftsrat, immer am Ball zum Wohle des Volkes."

Nicht Wiede wurde rot sondern Federer.

„Sag mal, Helmut Franke muß Dir doch ein Begriff sein, was macht der denn?" „Keine Ahnung, hat sich wohl dem Alkohol ergeben."

Federer stieg die Galle hoch: „Was war denn Deine Aufgabe im Bezirkswirtschaftsrat?" „Ich hatte kriminalistische Dossiers über Vergehen, ja sogar Verbrechen im In – und Außenhandel abzufassen. Ich bin nämlich vom Dienstrang her Kriminalhauptkommissar. Ich hatte übergeordnete Kompetenzen bis in die Ministerien hinein."

„Hast Du denn alles verdrängt, Wiede?" „Weißt Du, was Du gemacht hast, ich will's Dir ins Gesicht sagen: Du warst Spitzel in allen Bereichen und müßtest mein Leben wie von Tausenden anderen wie aus dem FF kennen! Stell Dich nicht so harmlos hin! Warum auf einmal so bescheiden? Deine „neutrale" Art des Miteinanderumgehens war schon in der Oberschule Dein Plus. Als Du damals in Ostpreußen abgehauen bist nach Berlin zurück, hat Dir niemand was am Zeuge geflickt. Dein alter Herr hatte die Fäden in der Hand.

Du bist ein Dreckskerl mit guten Manieren, immer ein Grad gewievter als die harmlosen ehrlichen Menschen!!
Und mich würde es gar nicht wundern, wenn Du bald wieder auf dem hohen Roß sitzest!!"
„Du nimmst Dir Frechheiten heraus! Dein Vater war PG, daran solltest Du denken!

Ich lege keinen Wert auf ein Wiedersehen – die sozialistische Idee wird weiterleben trotz Deiner Kenntnisse, die zweifelsohne von Wert sein werden!
Adieu!"
Nach weniger als zehn Jahre lebten die Dreckskerle von damals wieder wie die Made im Speck, weil nach dem Recht der ehemaligen „Westler" alle vor dem Gesetz gleich sind, ihr „Kerbholz" wurde nicht mehr untersucht.

„Was jeder in der Rentenkasse eingezahlt hat, geben wir ihm in der Form der Rente wieder, Pustekuchen! Und die in der kommunistischen Diktatur gelitten hatten, wurden mit einer Farce von Gesetz, dem „Unrechtsbereinigungs" – Erlaß beleidigt.
„Recht haben und Recht kriegen" war der geläufige Spruch der Richter, „sind zweierlei Dinge!"
Die Freiheit hat zwei Gesichter: Die Freiheit der Bewegung und die Freiheit zu verrecken oder zu verpennern.
Federer trat ja schon 1992 in die Rentenzeit ein aber ehe er seine rechtmäßige Zahlung bekam,

mußte er x – mal nachhaken und immer wieder „am Ball" bleiben.

Die Welt nach dem Eingesperrt – sein, kennenzulernen, lockte ihn bald an den Gardasee, dann ins unbekannte Deutschland: Bayern, Hamburg, Schleswig - Holstein; nach Österreich. Portugal, die griechischen Inseln Kos, Rhodos und viele kleine in der Ägäis. Köln, Duisburg, Moers, Xanthen kamen auch an die Reihe. In München war sein Klassenkamerad (von 1937 bis 1940 in Berlin) Einladender, und lange Fahrten in die Schweiz erschlossen die Gebirgswelt. Gran Canaria und Argentinien schlossen sich an – Erlebniswelten sondergleichen!!

Einem Freund hatte er in den 80er Jahren Unterstützung zur Ausreise angedeihen lassen, mit ihm bereiste er die nähere und weitere mitteldeutsche Landschaft.

Die Kriegssünden rächten sich, und er wurde an beiden Nieren operiert, die rechte verlor er dabei. Und seine Gedanken hatten in den Rekonvaleszenzzeiten genug freien Lauf.

Er stellte fest:

Ob Sozialjustiz oder Rechtsprechung überhaupt, sie sind mir suspekt! Die Richter haben soviel Spielraum bei der Anwendung der Gesetze – und sie setzen sich nicht gern ins Fettnäpfchen- daß oft nicht mehr als ein „Du, Du!" herauskommt. Dabei brauchen viele Delinquenten geradezu Härte und Unduldsamkeit. Wer sich z.B. auf einer Demonstration vermummt, verstößt gegen das strikte Verbot – ab zur Höchststrafe! Einzelhaft ist zwar teuer, aber immer und immer wieder „auf

Bewährung" freilassen, ist noch viel expensiver. Und vor allen Dingen nicht zu oft den Psychiatern freie Hand lassen!

Überall sitzen die „68er" rosaroten Kommunisten drin, diese Leute, deren Geist verseucht ist von Allgemeinplätzen wie: „Er hatte eine schwere Jugend", „Schon früh lernte er die Ausbeutung kennen", „Er mußte seinen Frust abladen", „Seine Aggressionen überwältigten ihn" – etc. etc..

Und Jugoslawien? Es ist eines jener Mißgebilde der Siegermächte nach dem 1. Weltkrieg. Die Verlierer mußten gedemütigt werden bis zum „Es – geht – nicht – mehr!

Tschecho – Slowakei ein ebensolches.

Groß Polen durch Aggressionskrieg gegen die Sowjetmacht entstanden, wurde nicht „zurück-gepfiffen" auf die Curzon – Linie, sondern auch noch auf Westpreußen ausgedehnt.

So wurde Süd – Tirol dem Verlierer Italien geschenkt, Deutsch – Österreich nicht ans Deutsche Reich angegliedert. Die Deutschen des Sudetenlandes vom Deutschen Reich getrennt, zu dem auch sie sich bekannten.

Jugoslawien war ein Lieblingskind Englands und Frankreichs. Daß sein Völkergemisch früher oder später auseinanderfallen würde, war gewiß; denn Serbien – Verursacher des 1. Weltbrandes würde sich nicht mit der Rolle eines unter vielen begnügen.

Die Tschechen trennten sich von den Slowaken, nachdem diese nach dem 2. Weltkrieg ständig gebohrt hatten (aber von den Kommunisten noch zusammengehalten worden waren).

Die Sowjetunion als ein Gewinner des 2. Weltkrieges holte sich den weißrussischen und ukrainischen Teil Polens zurück, der Verlierer des 2. Großkrieges mußte dafür Südostpreußen, Pommern, die Ost – Mark Brandenburg und Schlesien abgeben.

Italien behielt Südtirol, obwohl Österreich seine Souveränität 1945 zurückerhielt und Italien mit Hitler paktiert hatte.

Die Tschechen vertrieben die Sudetendeutschen, die Polen säuberten ihr Land ethnisch von den Deutschen und die Sowjets ebenfalls in den geraubten deutschen Gebieten.

Und die „Jugoslawen"? Sie mordeten und vertrieben sich gegenseitig. Slowenier, Kroaten und Bosnier konnten sich freimachen. Die Serben nannten sich Jugoslawien, obwohl sie seit dem Tode Titos mit dem Krieg um die Vorrherschaft einen Ausrottungsfeldzug gestartet hatten.

Jetzt sind sie schon wieder obenauf.

Großserbien müssen sie sich nach zehn Jahren wohl „abschminken". Die sturköpfigen Russen interessiert es nicht, ob sie Verbrecher unterstützen, aber ihre slawische Partnerschaft bringt ihnen keine Ehre ein.

Jelzin ist sowieso nur noch ein Wrack, aber will sein Supermachtgesicht nicht verlieren Er kann alles nur noch schlimmer machen!

Im nahen Osten haben die Sieger von einst auch nur stümperhaft und eigennützig gehandelt. Hätten sie wenigstens versucht, das Lineal zur neuen Grenzziehung aus der Hand zu legen. So haben sie ethnische Belange zerstört, außerdem haben sie völlig willkürlich Jordanien, Palestina den Libanon, den Irak, Kurdistan beurteilt, nur um das osmanische Reich zu zerstückeln, Öl-interessen zu wahren und sich einen Dreck um Arabien gekümmert. Die Folgen traten nach 70 Jahren verheerender Politik in dieser Zeit des Jahrhundertendes unter dem Diktat der Waffen in Erscheinung.

Wie kann man nun noch vor dem längst fälligen Angriff per Luft auf Serbien sagen, Landtruppen werden nicht eingesetzt, und der Krieg richtet sich nicht gegen das serbische Volk, erstere Prämissen schließen letztere aus! Einmal, weil die schweren Kampfflugzeuge niemanden verschonen können, wenn jede Bombe ihre Wirkung voll bieten soll und zum zweiten helfen nur schwere Panzer – und Artillerie, die feigen Serbenschergen auszumerzen! Und drittens hält anscheinend das serbische Banditentum zu seinem Herrn; denn es gibt kein Gefühl mehr für Menschenrechtsbewußtsein und Verurteilung des über den Balkan getragenen Massenmordes, ethnische Säuberung und Zerstörung des blühenden Landes der Olympischen Spiele mit Sarajewo im Mittelpunkt!

Die Medien fallen der Nato in den Rücken, und die vielen „klugen" Experten wie Friedensforscher, Politologen, Militärwissenschaftler können nichts weiter, als alles in Zweifel zu ziehen!!

Vielleicht ist der Kommunist Milosevizc kurz vorm Ende? Er wird sich aus dem Staube machen, wenn alles in Scherben gefallen ist, wie so viele Demagogen vor ihm! Allerdings hätte er schon spätestens 1995 hängen müssen, getreu einem seiner Vorbilder Ceaucescu oder Hitler! Aber es dauert viel zu lange; die feigen Europäer und die Sympathisanten von Beginn des Jugoslawienkrieges England, Frankreich und USA, die Niederländertruppen, die den Mördern in Kroatien und Bosnien noch Beifall klatschten, sind mitschuldig am grauenvollen Tode so vieler kleiner Leute und am Verlust ihres Eigentums...

Es gibt also Anlässe, um über das Leben (das eigene oder zumindest aus seiner Sicht) nachzudenken.

Kindheit und Jugend sind am intensivsten im Nachdenken enthalten, solange alles Neue auch wundersam und wunderbar war. Wunder tragen ja auch Negatives in sich: Warum kam es so und nicht anders? Um ein Haar breit ging ich damals am Glück vorbei, ein Augenblick zu langsam reagiert, und alles wäre ganz anders – viel schöner – gekommen...

Zu den Menschen, die im Moment wohlüberlegt das Richtige tun, gehöre ich nicht. Andererseits habe ich manches intuitiv als Plus herausgeholt.

Aber das Mädchen damals in der Straßenbahn mit seiner Mutter – wir hatten uns schon innig in die Augen geguckt und dabei ein verwunderndes Gefühl gespürt – habe ich nicht gefragt, ob ihre Mama etwas gegen eine Verabredung hätte. Meine Haltestelle kam immer näher, Zeit war bis zum Schulanfang auch nicht mehr viel vorhanden, meine für mich erlösende Anfrage ging mir nicht über die Lippen, und keiner kam mir entgegen, dem Zauderer, der keinen Mut hatte.

Dem Iwan damals konnte ich in dem Moment entwischen, in dem er mich losließ, um mir mit seiner Faust mitten ins Gesicht zu schlagen. Er hatte vorher schon zugeschlagen wie ein Kantholz, daß das Burgtor öffnen sollte, weil die dauernde Wiederholung das Holz splittern ließ, und der Schloßriegel die Schraubenbolzen aus den Angeln riß.

Ich sprang beiseite, worauf er nicht gefaßt war, und rannte wie noch nie vorher. Seine Wut, keinen Wodka bekommen zu haben, war wohl im Nu verrauscht, und er verkniff sich ein Hinterher-rennen.

Ich sah aus wie ein k.o. geschlagener Boxer, die Augen fast zu, das Nasenbein angebrochen, das Blut lief und lief!

Psychologisch dem Siegervertreter unterlegen, Angst vor dem NKWD und Sibirien, den Hunger im Leib, war von vornherein für einen aus-sichtslosen Widerstand der Grund.

In Vacha, gerade verbotener Weise über die grüne Grenze von Hessen gekommen, bot die Gaststube an der Straße den ersehnten Ort zum Ausruhen und über den gelungenen Trip auf Leben und Tod nachzudenken.

Da stürmten schwerbewaffnete Iwans herein, schrien in ihrer bellenden Sprache nach Dokumenten und stießen die ersten Gäste aus dem Raum. Frauen ließen Angstschreie verlauten und weinten lauthals!

Was tun? Als sie zu mir kamen, zog ich ostentativ meinen argentinischen Paß aus der Tasche und brüllte den Sowjetmenschen an:; Yo soy Argentino, no Aleman!! Und er ließ von mir und meinem Tischnachbarn.

Die Gaststube war angefüllt mit Leuten, die ihre Koffer und Rucksäcke neben sich zu stehen hatten, die Frauen Kopftücher umgebunden...

Das mußten Grenzgänger sein, war wohl die logische Schlußfolgerung der Grenzwachen; vielleicht hatte auch ein heldenhafter deutscher Kommunist Alarm geschlagen.

Ich konnte im Gasthaus übernachten, mein Tischgeselle auch. Und am nächsten Morgen konnte ich meine „Fahrt" in Richtung Berlin fortsetzen.

Die Gedankenreise in die Erinnerung ist zu Ende.

Nun schaut er zu dem nicht mehr kahlen Balkon – seine Blumenkästen waren mit dem Rot der Geranien und ihrem weichen Grün dekoriert, die runden Blätter gaben den Blüten eine zarte Umrahmung – von dem aus eine merkwürdige Faszination zu ihm übergriff.

Die Türen vom Wohnungsinneren stehen offen, tiefe Ruhe, auch Dunkel im Wohnraum sind zu vernehmen.

Liegt das Kindl im Wagen?

Es kräht eigentlich ganz fröhlich, ist ja auch „älter" geworden, und wenn die Mama ab und zu rauskommt, zappelt es, daß der Wagen schaukelt und ein wenig hin und her „rollt".

Die Mutter spricht mit dem Kleinen und fragt: „Wohin will unser Kindl, na, wohin?"

Es beginnt also ein neues Erdendasein, wer weiß schon, wohin es den jungen Erdenbürger führen wird.

Wird die Vernunft siegen?

Werden alle Menschen Brüder?

Auf, ins nächste Jahrtausend!

Federer erkannte, kaum waren die Worte ausgesprochen, daß er Wunschträume, die sich nie verwirklichen ließen, hegte.

Nicht einmal zwei Weltkriege hatten auch nur andeutungsweise menschliche Züge in die Politik gebracht. Die Rache war die Triebkraft der Sieger, die Unmenschlichkeit ihr praktizierter „Friedenswille":

Für alle galt die >Charta der Vereinten Nationen<, nur nicht für die Deutschen, denen ein Neuanfang in Gerechtigkeit die beste Lehre gewesen wäre. Der Verbrecher Stalin war Hauptfeind und blieb es; die anderen Alliierten beugten sich ihm. 20 Millionen Deutsche wurden vertrieben, gemordet, verleumdet, gedemütigt!!

Fragen an die „Großen der Welt"

Warum ließ man Milosevicz von 1992 bis 1995 ungeschoren morden, plündern, Land rauben, KZ einrichten?
Warum mußten die Geschändeten in Dayton 1995 dem Verbrechern Milosevicz die Hand reichen und sein Land und sein Heer anerkennen?
Warum wurde aus dem Kriegsverbrecher ein Ministerpräsident?
Warum hieß der Aggressor Serbien wieder Jugoslawien?
Warum wurde nach seiner erneuten Aggression halbherzig und zögernd nur ein zweifelhafter Luftangriff gewagt?
Warum wurde der Palast des „Herrn Ministerpräsidenten" nicht in Schutt und Asche gelegt und er mit ihm?
Warum wurde ein Waffenstillstand mit ihm beschlossen?

Man ist ja nicht so, dachte Federer, wie die Menschen einen sehen. Sie urteilen auf den ersten Blick; wenn auch viele das Wort >Liebe auf den ersten Blick< benutzen. „Ach, der ist ja höflich, grüßt immer freundlich und hat auch manch Wort für seine Umgebung übrig!" Bei längerer oder näherer Sicht stellen sich die unterschiedlichsten Eigenschaften heraus, mal zum Vorteil und mal zum Nachteil. Wieviele junge

Paare merken zu spät, daß der erste Blick eine große Täuschung war.

Gibt es überhaupt ein Rezept für die Beurteilung eines anderen Menschen? Auf den ersten Blick ist jemand ansprechend galant, hat offene Gesichtszüge, ist nicht kompliziert in seinem Gehabe, macht kein Wesens um seine Person.

Über einen Dritten erfährst Du, daß sich dieser frohe Charakter recht negativ über Dich geäußert hat. „Luis", der Lehrer von Federer war so ein Typ, holte ganz plötzlich zum Schlag aus und ließ den Verdutzten dann stehen. Solch einen hinterlistigen Menschen läßt man fallen, und als Lehrer taugt er schon gar nicht! Darum war die Luftwaffenhelferzeit mit ihren vielen Anforderungen bei solch einem „Batteriepauker" schwer zu ertragen.

Luis kam bei einem Bombenangriff im Gutshaus Klein Korbetha ums Leben.

Federer war bis zu einem gewissen Zeitpunkt ein zweigeteilter Mensch. Seine Schüler standen im Kurs so hoch, daß er sich für sie in Gewissenskonflikte stürzte. Sie wollten bei ihm ein seelisches Zuhause haben. Er trug „Westklamotten", die ihm nicht nachteilig angelastet wurden. Die Schülerinnen sahen mit wachen Augen, daß da etwas von Interesse zu beobachten war, das war ein Plus für ihn; seine Freizeit verbrachte er meist „drüben" bei seiner Freundin; am nächsten Tag war er wieder ganz Lehrer, der aber die „demokratischen" Forderungen des „Magistrats von Groß – Berlin" sich nicht zu eigen machte. Ein Parteiabzeichen (der SED) entfiel bei ihm, obwohl des öfteren an ihn heran getragen wurde, Mitglied der „Partei der Arbeiterklasse" zu werden. Er war ein guter Lehrer, was er ohne Selbstdünkel von sich sagen konnte; und seine Schüler mochten ihn, was der Direktor fast mißtrauisch feststellte. Ob es bei ihm keine „sozialistischen Spinnge-schichten" gab, war für die wachen Berliner Knaben und Mädchen die Sache klar: Der ist einer von den Vernünftigen; denn der ganze sozialistische Phrasendrusch war aufgesetzt, nie-mals zur Herzenssache der Normalberliner gewor-den.

Und da kam die „Staatsverleumdung." Und da war es aus: Jahrelang gute Lehrertätigkeit und dann sofort ins Gefängnis! Aus, aus mit den politischen Anschauungen für den ostdeutschen „Staat"!

Diese Anmaßung, ein zweites deutsches Volk zu inszenieren! Es war die „geschichtliche" Not-wendigkeit, das Volk der sozialistischen Menschen vor den imperialistischen West-deutschen zu schützen!

Das I – Tüpfelchen war die Mauer!!

Für alle Zeiten schien Deutschland zerrissen.

Von Stund an haßte Federer dieses Gebilde aus Lügen von Sowjetgnaden! Als Lehrer war er nicht mehr tragbar; fristlose Entlassung die Folge.

Wie Menschen diesem Ostzonengebilde ihre Sympathie entgegenbringen konnten!? Da Ehre und Mut nicht mehr zum menschlichen Repertoire gehörten sondern Anscheißerei, Karrieregier, Vorrechte und Machtgier, war dieses Stück Mitteldeutschland ein ehrloses Unterfangen. Es war nie ein vorbildliches Land. Immer am Rande der durch Phrasen hochgestylten Wirtschafts- ohnmacht, durch Lügen nach außen hin stark und mächtig gemacht, wurde es immer schlechter mit allem, nur die Armee und der Staatssicherheits- dienst blühten.

Die Mauer erdrückte wie eine Gefängnisum- zäunung. Alle Anordnungen und Gesetze engten immer mehr den persönlichen Spielraum ein.

Federer schrieb über seine Depressionen, über seinen Widerwillen zur Gesamtpolitik im Lande; seine Stimmung war auf dem Nullpunkt: Stasigefängnis das Ergebnis.

Danach wurde er hin und her bugsiert, als nicht zuverlässig geltend. Sein Chef allerdings, obwohl „Genosse" der SED, verhielt sich zu ihm menschlich – anständig.

Was kommen mußte: Trotz Glorie und Pracht zu 750 Jahre Berlin ging es weiter abwärts. Dem Volk wurde nicht aufs Maul geschaut: Reisen lassen wer immer auch will, nichts wäre einfacher gewesen! Aber so floß eben das Faß über, und das Volk stürzte die Machthaber; kein Stasi, keine Armee konnten mehr helfen. Die alten SED – Männer suchten ein Sündenbock und enthoben den bisher kriecherisch hochgelobten Erich Honecker seines Amtes. Auch das nutzte nichts mehr, das Volk ließ sich nicht mehr verführen!

Am 18. März 1990 war's aus, ganz aus.

Von Federer war ein Riesendruck genommen. Am 8. Oktober wäre er beinahe noch einmal in die Fänge der Stasi geraten, als er seine Wut über die Geschehnisse in den Großstädten laut hinaus- schrie, ausgerechnet auf einer Feier der Familie!

Zwei Tage lang sah er die unverdächtig Verdächtigen auf Schritt und Tritt, aber diese hatten wohl woanders viel zutun , so daß seine Sinne umsonst arbeiteten!

Endlich die verfluchten Gebetsmühlen Schwenkenden entmachten; endlich freie Worte und Handlungen!

Bloß in der großen Politik hatten die bundesdeutschen „Manager" kein Konzept. Das Aussitzen und Übertölpeln der Ostdeutschen (Mitteldeutschen!!) war mit dem Bundeskanzler Gang und Gäbe. Man ließ den Privatmann in Ruhe, aber sonst lief manches schief.

Da sagte man: Die Demokratie hat auch ihre Fehler, dennoch ist sie die beste Gesellschaftsformation, die wir zur Zeit haben. (Viel, viel faule Ausreden dabei!)

Federer war nun Rentner und hatte die Unbilden von Wirtschaft und Arbeitsmarkt nicht mitzumachen! Die Politik ließ ihm aber keine Ruhe. Der CDU – Parteien – Filz steigerte sich zu grandiosen Enthüllungen. Schmiergelder, Verrat, Meineid, Treulosigkeit, Untreue kamen ans Tageslicht! Die Mühlen der Gerechtigkeit mahlten langsam, sehr langsam aber stetig; das war gut!!

Und nun muß endlich reiner Tisch gemacht werden. Geht das überhaupt? Es sind Menschen, und Menschen handeln mit allen Fehlern des Menschen. Hoffnung auf den sich entwickelnden besseren Menschen der Zukunft?

Federer traf auf Leute – Kollegen und Bekannte – die alles besser wußten. Sprach man in einer Runde über Seefahrt, war der eine bei der Seefahrt gewesen, über Polizeidienst, war der gleiche über mehrere Jahre Polizist; wurde vom Tapezieren erzählt und den damit verbundenen Erfahrungen, war er jahrelang Maler usf.

Da gab's in den Anden keinen Siebentausender, obwohl er ihn mit eigenen Augen gesehen und er laut Karte Aconcagua heißt; sein Blick war lange auf ihn gerichtet. (Einige Atlanten nannten seine Höhe sogar 7020m!)

Da war eine Araucarie keine solche sondern eine Nordmanntanne, und der helle Schein auf dem Meer des Nachts konnte keine Spiegelung des Mondes sein, weil der zu schwach an Helligkeit sei.

Ja, so gibt es Menschen, die kaum ein Buch zu Ende gelesen haben, und zwar tüchtig in ihrem Fach sind, auch schon Kohlrabi gezüchtet haben und Mohrrüben, aber eben alles besser wissen und sich damit keine Freunde machen; oft nebelt der Alkohol ihr Denkvermögen ein und, um sich nicht zu blamieren (meinen sie), trumpfen sie auf. Schade!

Da gab's auch viele an der Fachhochschule für Werbung, die glaubten, mit einem „Koffer" voll Büchern und Heftern besser lernen zu können. Allerdings konnten sie während der Vorlesungen weder in die Bücher schauen, da sie nicht „mitkriegten", was gesagt und gezeigt wurde; sie konnten aber auch nicht richtig mitschreiben, da sie immer wieder in die Bücher guckten.

Federer hatte nun zum schreiben Papier (aus A4 – formatig – gerissenen Plakatrückseiten) mit, fertigte jedesmal einen „Kopf" mit Datum, Fach, Dozent und Besonderheiten des Tages, so daß er auch später die Blätter und ihren Inhalt sachgemäß reproduzieren konnte! Er erinnerte sich der Situation, die mit der Notiz „Besonderheiten" zusammenhing und sah die Stunde bzw. Lektionssituation vor sich; das regte die Erinnerung und den Lerninhalt wieder an. Sein Examen sah in der Bewertung auch ganz vernünftig aus. Er war schließlich schon 35 Jahre alt und kein „Lernlüstling" mehr.

Aus der Sicht Federers war der jahrelange Bundeskanzler arrogant und anmaßend. Wieviele mußten über seine Klinge springen? Eigenartiger Weise fanden sie alle Positionen mit hohen Anforderungen oder deckten die Ergebnisse der Bundeskanzlerarroganz auf. Der Kanzler als Übervater schaltete und waltete nach eigenen Kriterien, dabei waren Gesetze anscheinend nicht für ihn bindend.

Selbst als vieles aufgedeckt worden war, trat er weder als Abgeordneter zurück, auch als Ehren-vorsitzender seiner Partei nicht, intrigierte er weiter in einem fort. Aber seiner Partei nutzte er damit nicht, wie er zu Anfang gesagt hatte, ganz im Gegenteil; Nichtteilnahme an Parteiveranstal-tungen war die Folge, er verleumdete die Partei-spitze, die bemüht war, das Dilemma in Grenzen zu halten!

Zur gleichen Zeit gab es so viele Korruptionsfälle in der Politik und Wirtschaft, so daß der „kleine Mann" nur noch mit den Schultern zucken konnte, mehr blieb ihm nicht übrig. Die Politiker hatten verspielt, ihr Ansehen war dahin. Das gilt für alle Parteien. Persönlichkeiten – wo gibt's die noch? Und wie sahen die Strafen aus? Der Normalbürger muß bei Vergehen einsitzen.
Der Politiker tritt ab und erhält seine Gelder jahrelang weiter!

Wie will man vor diesem Hintergrund das internationale und nationale Verbrechen bekämpfen? Die „dußligen" Polizisten sollen ihre Haut zu Markte tragen!!

Federer stellte viele Fragen mehr als Bestätigung der untergegangenen Gerechtigkeit in der Welt.

Und bei der Spenden – und Schwarzkontenaffäre der CDU, bei der auch noch andere schwere Verfehlungen ihres Generalsekretärs und des Schatzmeisters und Vertuschungsversuche des Vorsitzenden der Öffentlichkeit vorgeführt wurden, sogar die junge neue Generalsekretärin und die bislang beschwichtigende Rolle des Parteioberhauptes im Widerspruch zum „Altbundeskanzler" gerieten, da brauchte er kaum noch zu fragen.

Selbstherrlichkeit, autoritäre Parteiführung selbst in „guten Zeiten" der CDU, führten zur zweiten Niederlage Deutschlands nach dem Krieg: Herr Kohl schien bis dato der personifizierte Deutsche, der Garant eines wohlhabenden friedlichen Deutschlands, eines neuen Deutschlands nach der Vereinigung zu sein. Nein! Da mauschelte er mit Geldern, Schmiergeldern beim Ausverkauf Mitteldeutschlands, da hat er – ihm unangenehme – Parteifreunde ausgebotet, sich selbst in die Rolle des Einheitskanzlers gehoben, obwohl andere jahrelang das Klima zugunsten eines einigen Deutschlands geschaffen hatten. Und er wäre auch noch der „Europakanzler" geworden, wenn er nicht, ja, wenn er nicht doch der Mann egoistischer Provinzialität geblieben wäre!

Deutsche Blamage. Deutsches Eigentor!

Wenn nun in allen Parteien und Organisationen, in den Banken und öffentlichen Einrichtungen die Korruption immer größere „Blüten" treibt, Milliarden in private Taschen geschippt werden, dann gilt der aus Italien stammende Satz: „Lasciate ogni speranca!"

Die Masse der Nichtwähler muß die infame Klique abwählen, so paradox das klingt!

Und die Italiener wissen spätestens seit dem 2. Weltkrieg, warum sie diesen Satz geprägt haben und ihn immer wieder seit alten Zeiten benutzen; ihre Oberen haben inzwischen Europa angesteckt und Betrug, Bereicherung, Mafiaherrschaft zur Tagesordnung erhoben!

Warum soll das Kosowo nicht selbständig werden?

Warum werden nicht alle Serben außerhalb Serbiens nach Serbien gebracht?

Warum wird dem „großen Russenvolk" nicht endgültig klar gemacht, daß ein Volk, das seine Verbrecher – Banditen duldet, keine Unterstützung kriegen darf?

Warum wird Saddam Hussein als Aggressor nicht bis nach Bagdad verfolgt und dort vor ein Gericht gestellt?

Warum wird Jelzin Milliarde um Milliarde aufgedrängt?

Warum darf Rußland in Tschetchenien und Umgebung morden, vertreiben, zerstören?

Warum wird Meineid, Verrat und Fahnenflucht bei den Großen nicht genauso bestraft wie bei den Unteren?

(Die Frage geht an den Herrn von der Saar.)

Menschenrechte und der Leopard II

Seit 1920 kämpften die Kurden um ihre Freiheit, das heißt um ihren Staat, dessen Gebiet in der Türkei, im Irak, im Iran und in ehemals sowjetischen Grenzlanden liegt und der Kurdistan heißt.

Die Welt hat sich (mit Verlaub!!) einen Scheißdreck um dieses Volk gekümmert, das heißt genau, die Anrainer haben alles daran gesetzt, dieses auf ein paar Millionen Menschen geschätzte, in unterschiedlichen Regionen (Landschaften) lebende armselige Menschenkonglomerat, auszurotten.

Die „Neuordnung" des Nahen Osten nach dem 1. Weltkrieg betraf die Zerstückelung der Türkei in der Haßkampagne gegen die ehemaligen Mittelmächte. Lineal und Willkür herrschten wie in Europa. Die Kurden „verschwanden" in der Ostürkei zur Hälfte. Ein Viertel im Iran, ein weiteres Viertel im Irak. Alle Autonomiebestrebungen wurden blutig niedergeschlagen.

Giftgas, schwere Artillerie, Panzer und übermächtige Truppenkontingente der Türkei und Iraks machten kurdische Ortschaften platt und dezimierten die Bevölkerung der Kurden. Dabei wurden auch NVA – Panzer und – material, die von der Bundesrepublik Deutschland geliefert worden waren, Angeblich für den Natopartner, eingesetzt.

„Kurdistan den Kurden" war immer ihr naturgegebener Ruf! Ihre Anführer wurden zu Kriminellen degradiert, und Özalan als Symbol des Freiheitskampfes wartet auf sein Todesurteil.

Das Wehgeschrei um die Lieferung eines Leopard II durch die Bundesrepublik Deutschland an den „Natopartner" als Muster für die Aufrüstung der Türkei (und spätere Lieferung von 1000 Stück) ist nicht einmal ein Feigenblatt! Das die Grünen z.B. mit einem Mal ihr Herz entdeckten, ist bloße Heuchelei.

Nun kommt es gar nicht mehr darauf an, ob die Bundesrepublik die Panzer liefert oder der Ami. Das Weltverbrechen an die Kurden ist so gut wie vollzogen, den Rest werden die o.a. Panzer erledigen.

Allerdings haben die Deutschen vieles vergessen, was sie einst auf ihre Fahnen schrieben.

Also: Lasciate ogni Speranza!

Federer beendete sein Leben nicht ohne den Kopf schütteln zu müssen ob des Wahnsinnsjahrhunderts.

Er war mit ihm groß geworden, und seine Krankheiten verdankte er den niederträchtigen Wendungen, die immer wieder aufkeimendes Gutes durch böse und schreckliche von Menschen nicht gewollte Verbrechen zunichte machte.

Milliarden Menschen hatten ihr Leben lassen müssen für „Volk und Vaterland", für den „Sieg des Kommunismus" und für den „Endsieg" des Nazismus! Im Erfinden des gezielten Todes war kein Mittel zu schade. Ob Massenhinrichtungen durch Strang oder Genickschuß, ob Folter und Verbrennung, ob Mord oder Überfall... kein Mittel war zu schade.

Alle seine Hoffnungen wurden enttäuscht.

Sein kleines Dasein hatte auch Glück und Freuden gebracht, aber was wogen die gegen das Chaos auf? Was zählt ein Mensch?

Der Autor schrieb bisher:

>Jahrgang 27<
Verlag P. Wilson, Berlin

>Wendejahre<
Verlag Haag & Herchen, Frankfurt/M

>Zeit des Nachdenkens<
Eigenverlag / Libri

>Blick und Sicht<
Eigenverlag / Libri